神風ニート特攻隊

荒川祐二

地《ち》湧《ゆう》社

神風ニート特攻隊

荒川祐二

装画　ヒロミチイト
装幀　岡本健＋遠藤勇人［okamoto tsuyoshi+］

どうかこの不幸な時代が、私たちの死とともに終わりますように。

ただ、頭がボーッとする。顔が妙に熱を帯びて、何を見ても、何を聞いても、頭が反応してくれない。

体中が重い。陽が昇り、気づけば陽が沈む。

気づけば沈むころに起床して、日の出とともに就寝していた。

「おはよう」から『お休み』まで何かをするわけでもなく、ただ時間が過ぎる。

そんな生活をしていたら、父に怒られた。

でも、始まりの朝に起きたところで、体はダルくなるばっかりだ。

体を横たえたり、椅子に座ったりしているうちに一日が経ち、一か月が経ち、一年が経つ…。

「生きる意味」

こんなもの、若いうちから分からない。おっさんになってもじじいになっても分からない。

こんなことをいつかどこかで聞いた気がする。

それでも考えてしまう。

「生きる意味」

いや、僕の場合は。『生きる価値』？

当然、答えなんて出るわけもない。そのうち、考える頭が腐ってくるような気がしてきた。

高校を卒業してから、僕は何もせぬまま、成人を迎えてしまった。

僕、田中隼人は二〇一五年十二月十五日、二〇歳の誕生日を迎えた。

田中家では祖父母、両親、兄と姉、そして末っ子の僕とで、埼玉の一戸建てに二世帯で住んでいる。

祖父も祖母も、誕生日には現金をくれた。父も母も現金をくれた。兄と姉も現金。誕生日プレゼントは、ミナミの帝王もびっくり、現ナマの嵐だった。

これは要するに、「早く家を出て行け」ということだろうか？

何も不自由の無い生活を送ってきたはずなのに、どこをどう間違ってしまったんだろう。思えば……小学生のときは勉強もできて友達も多かった。中学になると赤点を取ることが増え、一人になることが多くなった。高校では完全に勉強についていけなくなり、クラスでも孤立していた。

勉強もできなかったし、やりたいことがなかったので、高校卒業とともに就職しようとしたが、結果、全滅…。

それから今に至るまで、いわゆるニート…。

家族には、公務員試験を受けるので、その準備期間だと言っている。

でも実際は、参考書は本棚で寝かせたまま…。

要するに両親をダマして怠けているだけ。

一応、自分では一般常識と教養は持ち合わせているつもりだし、特に悪いこともしてこなかった。

それでも、
どうしてこんなに体がダルいのか。どうしてこんなに楽しくないのか。どうしてこんなになにもする気が起きないのか。


それからなにも変わらないまま年が明けて、市から成人式の案内はがきが届いた。

一月の第二月曜日だったかに、地元にある学校の講堂を借りて催されるようで、誰かと一緒に行く約束をしていたわけではないが、行ってみることにした。

僕はそこで何かを期待したんだろうか。

スーツを着て、家を出るときの母の「夜は遅いのかしら？　楽しんできなさい」という言葉が耳に痛かった。

あまり暖房の効いていない講堂。ブナとムク材を圧縮した木の床は直に尻を着けなくともヒンヤリする。周りを見れば、ちらほらと知っている顔もいた。みんな友達と固まって座っていた。

僕は一人少し離れたところで座っていた。

僕は誰にも声をかけられない。向こうが気づいていようがいまいが、僕は声をかけられない。僕は向こうを覚えていても、向こうは僕を覚えていないだろうから。

もし、仮にもし、万が一にも……向こうが僕のことを同じ〝生きている〟人間と認識したとして、慈悲の心から話しかけてきても、

「今何してるの？」と聞かれた日には、僕は走って逃げ出すに決まっている。

僕はそういう人間なんだ。

ダメ男なんだ。

式典が終わると、学校の敷地内で多くの集団が形成されていた。

その中で、高校の同級生たちが輪になって話しているのが目に入った。楽しそうにおしゃ

べりしたり、写真を撮ったりしていた。

チクショウ。

「僕も同級生なんだよ！　仲間はずれなんて酷いよ、入れろ入れろ！」って、今から走ってジャンプしてフレームに収まってブレブレの写真にしてやろうか。

そんなできもしない妄想をするが、こんな図々しい人間だったら一人ぼっちにはならない。どうせいつも思っても行動しないから、いつまでたってもこんな状態なんだ。

思ってばっかり…。口ばっかり…。

同級生たちの「このあと同窓会どうする？」という会話が遠くに聞こえた。


帰宅するために駅へ向かう。

駅前の広場でも新成人がタムロしていた。ここぞとばかりにコンビニでお酒を買って飲んでいる集団もいた。女性たちのケバケバしい晴れ着が、陽射しを照り返して目に痛かった。

それでも楽しそうだ。

それに比べて僕は…、
切符を買うのも一人、

駅のホームでも一人、
電車に乗っても一人。

行かずに後悔するなら、行って玉砕した方が良いと聞く。

一生に一度の成人式とも言う。

でも、こんな惨めな思いをするぐらいなら、行かずに後悔したほうがよかった。

もう何か僕は、取り返しのつかない地点を過ぎた気がする。

……それでも家に帰って親に「どうだった?」と聞かれれば、親を悲しませないために「久しぶりに友達と会って色々話したよ!」と嘘を言って、親に「良かったね」と言わせたかった。

嘘でもいい、そうしようと思った。


自宅に帰ると、仕事帰りの姉の桜子と玄関で鉢合わせた。

「成人式どうだった?楽しかった?同級生とかと会えた?」

「なんだよ、イヤミかよ!」

そう言って僕は、二階にある自室に駆け込んだ。ドアを閉め、フッと一息吐きながら思う。

またやってしまった…。いつもこうなんだ…。

思ってもいないのに、口から出てくるのはこんな言葉ばっかりだ……。

しばらくすると、もう夕時になったのか、母が扉越しに声をかけた。

「夕飯よ」

「食べてきたからいい」

この期に及んで見栄を張っているのだろうか。こんなはずじゃなかったのに……。

何がしたいのか、自分で自分が分からない……。

その日の午後八時過ぎ、無性に外に出たくなった。

二階の自室から階段を下りると、なにやらリビングで談笑の音が聞こえた。

「それで大目玉食らっちゃってさぁ」

兄の裕人が帰ってきたらしく、声がリビングから漏れてきていた。

兄は話し上手で何でも人一倍器用にこなす。姉の桜子は頭がよく、一流の大学を出て、現在は大きな会社に勤めている。

そのしぼりカスが僕、隼人です、産まれてすいません。

祖父清定がトイレから出てきた。祖父は来年には古希、つまり七〇歳になるが、背筋はピンとしているし、依然カクシャクとしている。

「おい隼人、どこいくんじゃ?」

「え……あぁ、うん、ちょっと勉強の息抜きの文房具を買ってくる」

走って玄関を出た。

……。

何だ、息抜きの文房具って!

僕はいったい何をやっているんだろう。

家にも居場所がない。

家族に試験の勉強をしていると言いつつ、その実何もしていない。

彼女もいたことがない。友達もいない。携帯電話も鳴らない。

成人式に行ったのも、新しい繋がりが欲しかったのか、何か変わるきっかけが欲しかったのか。

今となっては考えるのも面倒だったから、とりあえず外に出てみた。

外はすっかり真っ暗になって、外灯と自動販売機の明かりだけが道を照らしている。

何を思ったのか、僕は自動販売機の横のゴミ箱を力いっぱい蹴った。

強がったのだろうか、悪ぶって精一杯社会に反抗したつもりだったのだろうか。たっぷりと缶の詰まったそれは、ガシャンと鈍い音を立てて倒れた。

ゴミ箱の口から、缶がカラカラと転がった。

カラカラ……

コロコロ…………

カンッ……………ん？

いつからいたのか、目に痛い原色系のスウェットやジャージを身にまとった集団がいた。

缶がそのうちの一人の足に当たって止まった。

（ヤバっ！ここらへんでよくたまってるヤンキーの集団だ！！）

「何してくれてんの？」

そう言うと、明らかに悪そうな五人組のヤンキー集団がニヤニヤしながらこっちに近付いてきて、中でも一番体格の大きい坊主頭の赤ジャージが声を張り上げた。

「ダンマリですかぁ？なしのつぶてですかぁ？」

赤ジャージは僕の胸倉をつかんだ。怖いのと苦しいのとが合わさって、全身が固まって何もできなかった。

（怖い怖い怖い怖い！！誰か助けて！！！！）

「そのぐらいにしといてくれへんか？」

突然、横から声がかかった。見ると、祖父だった。

「もう堪忍したってくれ」

今度は青のジャージが食ってかかった。

「何だこらクソじじいが！」

（やめてくれ、じいちゃんには何もしないでくれ！）

そう思ったのに…。やっぱり体は動かなくて、恐怖で声も出なくて…。

結局、祖父は「もうすぐ警察が来る」と、事前に警察を呼んでいたフリをして、その場を乗り切った。

祖父も胸倉はつかまれこそしたものの、暴力を受けることもなくすんだ。

二〇歳の僕は、もうすぐ七〇歳になる祖父を助けることもできず、完全に助けられた。

祖父はそのあとの帰り道も、何も言わなかった。

……もう……死にたい。

それからも一日、一週間、一ヶ月と、何をすることもなく過ごした。勉強するわけでもなく、他に趣味があるわけでもなく。

いや、あれ以来、外に出るときの理由がすべて文房具の購入になっている。

だから、今は文房具集めが趣味だ。何か書くわけでもないのにボールペン。ノック式。ツイスト式。キャップ式。サイドノック式。伸縮式。比較的大きな文房具屋が近所にあったので、通っているうちに、こんなに種類があるのかと驚いた。

多分店員には文具マンとでもあだ名を付けられているのだろう。

…だとしたら、恥ずかしくてたまらない…。

その他には、何も予定がないのにスケジュール手帳。名刺がないのに名刺ケース。使うわけでもないのに、ただ何かの言い訳のように買っていた。

こんなくだらないことに、誕生日にもらったお金の半分も使ってしまった。

文具で遊ぶ以外はすることがないので、ずっとテレビをつけていた。

ただ時間が過ぎていくことを願いながら…。

テレビから流れるニュースでは、

不安定な社会情勢、

貧困格差、
殺人事件、
若者の車離れ、
非婚化、
少子高齢化……こんなニュースばかり。
僕がこんな風になってしまったのは、きっと時代のせいだろう。
あのヤンキーたちだってそうだ。
特にやることもなく、ただ毎日夜に集まってダべってる。僕だけじゃないんだ。僕は悪くない。
きっとこの産まれた時代が悪いんだ。
こんな不公平な世の中なんて、いっそ無くなってしまえばいい。
……そう思う。
それでも「このままではダメだ」という思いは心の片隅に残っていた。
二月も過ぎ……三月の二七日だったか。唐突に思いついた。

そうだ、京都に行こう。

特に理由なんてなかった。ただ何となく「京都に行けば､何かが自分を変えてくれるかも」と期待していたのかもしれない。

京都に行けば、歴史のある町並みが僕を知的にしてくれるかもしれない。そこで僕は成長を遂げ、さらに京美人の女の子と知り合いになれるかもしれない。

誕生日にもらった現金がある。もういいや、どうとでもなれ。とりあえず行くだけ行ってみよう。

ジャケットの胸ポケットにはペンを何本かさし、内ポケットには意味もないのにスケジュール帳と名刺入れ。

部屋でゴソゴソやっていた僕に祖父が声をかけてきた。

「どっか行くのかえ?」

「え、えっと、あ、あぁ、ちょっと京都まで文房具買いに――」

……………。

咄嗟の状況とはいえ、我ながらなんてバカな理由だ…。

「…京都まで文房具…。…ちょっとまっとれ…」

祖父はそのままどこかへ行く。さすがにこの理由はおかしかったか。

荷造りするのも面倒なので、着の身着のままで行こう。それに何より他の家族に気づかれる前に、早く家を出たかった。

「よし行こう」と玄関で靴をはいたところ、祖父がやってきた。

「おまもりじゃ、持ってけ」

『交通安全御守』と書かれているお守りを渡された。

………。

ナンデヤネン。

まぁ「京都まで文房具」の理由を深く聞かれるよりいいや…。

「じゃあ、父さんと母さんによろしく」

お守りをポケットに突っ込み、祖父にだけ挨拶を済ませてそそくさと家を出た。


最寄駅で財布の残金を確認する。

まあ、切符を買って、一泊くらいならできるんじゃないだろうか。

そこから東京駅に行って新幹線に乗ることにした。

ホームで電車を待つ間、時刻を見ようとジーンズのポケットに手を突っ込み携帯電話を探るが出てこない。

しまった、家に忘れてきてしまったか。

まあいいか。どうせ誰からも鳴らないし。東京に行ったら、一番早く出発する列車の切符を買おう。

そんなことを思いながら、ふと向かいのホームを見ると、数羽の鳩がポツポツとさまよっていた。埼玉の片田舎なので、駅のホームにも鳩が迷い込むようだ。

何気なく見ていると、その中の一羽と目が合った…ような気がした。

鳩の目というのは、よくよく見ると恐ろしい形相だ。何を考えているか分からない。

…分からないが、感じる。

この鳩は僕を哀れんでいる。

哀れみを過ぎて、むしろ慈愛に満ちた目をしている。被害妄想と思うかもしれないが、それぐらい切羽詰まっていた僕は、鳩をきつくにらんで、散らせようとした。

でもはたから見れば、ただ視力が悪くて目を細めているようにしか見えなかっただろうし、鳩も何食わぬ顔である。

「まもなく列車が到着します」というアナウンスとともに流れたメロディが、ますます僕をマヌケに仕立てた。

…何がしたいんだろう…。

行動に一貫性がないのも自覚しているつもりだ。

そもそも人生の目標が、生きる意味が、僕にはないんだ。それなら生きているだけ空気が無駄だから、死んだ方がマシじゃないか。

多分この突発的な旅行も何かを京都に期待しているんだろう。

でも、何を?

そんなことを思っていると急に頭がクラクラしてきた。そういえば、昨日の晩から何も食べていない。

電車の中でパンでも買おうか。そう考えていると列車がやってきた。

ああ、もし京都に行って何も変わらなかったら、その次はどうしよう。

このまま三〇代になっても変わらなかったら……四〇代になってそれで……。

突然、顔がカッと熱くなってきた。体が急に緊張して、体中の血液が逆流したような苦しさがあった。吐き気がする。

しばらく我慢していると、ふと、頭が冷める感覚があった。血圧が一気に下がったのだろうか。そのまま体が動かなくなって。前に倒れこんだ。

…あれ？

あっ、これもしかして、線路に向かって倒れている？転落ってヤツ？電車来てるよね？轢《ひ》かれるのか？

これって、まさか…死ぬ…？

………まぁ別に死んでもいいか。

ああでも、列車が遅れて迷惑かけるかな？頭がボーっとする。これなら痛みも感じないかな？

もう、でも、ああ、まあちょうどいいや。死んじゃおう。ごめんね。

バサバサ

ドンッと音がした。

体に衝撃が走った。最初に鮮烈な火花が僕の視界をおおった。次に体がゆがむ感じがした。

グニャリ、として、身体の一点だけ吸い込まれるような感覚や、紐になってビヨンビヨンと振動する感覚に襲われた。

最後に耳を突いたのはバンッ!!という音だった。

1　初日

ノド　が　かわいた…。
……ああ、まだ意識がある。
死後の世界だろうか？それとも、今まさに臨死体験ナウか？
ノドが渇《かわ》いた、とにかくカラカラで、何か飲みたい。
目を開けようとすると、目ヤニがびっしり付着しているような、そんな抵抗があった。
ズリ　ズリ　ズリ……
次には、背中を引きずられている感覚と、シュンシュン、ポオォオという音があった。
汽笛？なんだろうか。
誰かに抱えられ運ばれているのを感じた。
「おい、お前、生きてるか？」
パシッと小気味の良い音とともに、頬に小さな衝撃を感じた。
「いたっ、痛い！」

思わず目を開くと、少し顔が薄汚れて全体的にほこりっぽい男が目に入った。

頬をはられたのか？

「おお、生きてたか」

話している男が誰かも分からなかったが、あまりのノドの渇きに僕は思わず言葉に出した。

「……ノド、渇いた」

「わかった、ちょっと起き上がれ」

まだ頭はボーッとするが、体を起こせないことはない。関節がバキバキと音をするが、なんとか立ち上がった。

ふと横に目をやる。

線路が見える。ここから引きずられて運んでもらったのかな？しかしこの線路、何だか小汚いような、錆びたような、所々枕木が割れたような……。田舎にも見ないような……。

他の設備を見ても同じ。

おかしい、僕はこんなところにいた覚えはない。

「貴様は何なんだ？」

男にそう言われたが、「何なんだ」といわれても、それはこちらのセリフですよ。

あんたが一体何なんだ?

男を見ると、体はガッシリとしているが、背丈は、僕より少し高いぐらいで、年は一〇才ほど上だろうか。軍服らしきものを着ている。見覚えはあるような軍服だが、どうも迷彩柄でもないし、自衛隊の人ではなさそうだ。

コスプレだろうか。軍服マニア?

「落下の衝撃か何かで、まだ混乱してるのか?」

男はそう言うと、いきなり水筒らしきものから、僕の頭に水をぶっかけてきた。

「ほら、シャッキリせぃよ」

ぬるい水が頭から流れている。口元近くの水をペロリと舐めてみる。

随分とワイルドなことをする軍服マニアだ、いや軍人かぶれか。

だけど、おかげで少し頭が冴《さ》えてきた。まあ冴えてきてもあんまり変わらないけど。

そのまま水筒を手渡され、残った水を口に含む。

混乱しながらも先ほどから目に入ってくる情報は、どうしたことか全体的に薄汚れているように見えたり、今ではあまり見かけないようなものだったり、古さを感じるものだった。

水筒を返すと男は言った。

「よし、名前と年齢、もう教えてくれてもいいんじゃないか」

先ほどの荒々しい行動とは裏腹に、苛《いら》立った様子も見せず穏やかに男は声をかけてきた。

「田中隼人です。年齢は二〇歳です。出身は…」

「待て待て！出身より先に聞くべきことがある。まずはなぜ線路で寝ていたのか、自殺か？」

そうだ、僕は立ちくらみか何かで倒れたんだ。線路に転落したかどうかは覚えていない。

でも…。

僕はあのとき、何かをあきらめたんだ。だから消極的な自殺と言えるのかもしれない。

「…自殺、かもしれません」

「だったらこんな時勢だ、自分で死なんでもフイにそのときが来るかもしれない、そのときまで粗末にするな」

やけに力強い表情をした男から、そんな言葉をかけられた。

「というか貴様、俺と同じ歳か！！一六歳ぐらいと思っていたよ。凄い童顔だな」

成人式に行ったときに自分でも思ったが、何だか僕は同年代と比べて顔も体つきも幼い。

それでも、そんな大げさに驚かれるほどでもないと思う。

「最後に、どこの所属か？いや、そもそも、兵隊じゃないのか？」

兵隊？？

所属は常に無所属、どこに行っても無所属。格好よく言えばフリーランス。

…というか無職だった。

しかし、兵隊？

もしかして、軍隊ごっこしているのか、この人？

と、すれば……

「失礼しました！！自分は民間人でありまして、現在自分の置かれている状況に戸惑っておりました！！大佐！！軍曹！！いや！！大将！！」

こんな風に言えばいいのだろうか。敬礼すべきだろうか？しかし、いつも通り思っているだけで、気恥ずかしいのと気後れしてできない。

男は僕をじろじろ見ながら言う。

「……どうみても兵隊じゃなさそうだし、浮世離れしているし……大丈夫か、お前？」

（あんたの方が大丈夫か？…とは言わない。いや、言えない。）

「し、しし失礼しまし…」

「いいか、ここは南薩鉄道知覧線の最終駅、知覧だ。列車が知覧駅直前で急停車して何事かと列車長に聞けば人が倒れていると困っていた。俺が様子を見に行くとお前はその線路に落ちていた。とりあえず邪魔にならないところに運んだわけだ」

言葉を被《かぶ》せられた。

先ほどから横に、ノッソリした黒い汽車がモクモクと煙のようなものをあげている。あれは蒸気機関車か。見たまま蒸気があふれだしている。

それにしても南薩鉄道？ 知覧？ 東京にそんなところあっただろうか。

どうも男の真剣な顔と話し口調を見ていると、ごっこ遊びではなさそうなのだ。

「質問してもいいですか？」

「許可する、手短にな」

「知覧って、どこらへんですか？」

「オイオイ、本当にしっかりしてくれよ……薩摩半島南部の中央あたりだ」

薩摩……西郷どん？

九州の南側？

こっちがオイオイだよ。

「今、いや、今日の日付を分かる範囲で教えていただけますか？」

「新聞を見られないのか。仕方ない、現在は皇紀二六〇五年の……」

「こ、皇紀？？」

「あ？学のないというか非国民というか……昭和でいうと二〇年だ」

「昭和二〇年？ええと、西暦で言うと……」

「西暦だと！貴様、敵性語を使うとは！」

!?

しばらくにらまれた。

「ガハハ、冗談だ。現在は西暦では一九四五年の三月二七日だ」

三月二七日、どうやら一日とたっていないようだ。

まだ日も沈んでないので、ワープでもしたのだろうか。

……いやまて、もっと引っかかるところがあるだろう。

西暦一九四五年？

ハハハ、大将殿もお人が悪い。男が言った。

「もう時間がないから俺は行くが、お前はどうする？」

「どうしましょう……」

そういえばはじめは京都に向かっていたが、たいした用事もないのだ。

「正直、ここがどこだかわかりませんし、行くあてもないです」

「……また死のうとされても困るし、とりあえず一緒に来るか？」

「……一緒に？」

保護するということだろうか？よくわからないので、思ったことを口に出してみた。

「警察に突き出したりしますか？」

「警察……は面倒だなぁ。憲兵も面倒だし、かわいそうだし……。何か仕事はしてるのか？」

うぐっ…、それを聞きますか。下を向き答える。

「む、む、無…職…です」

「無職！このご時勢に……。やることはないのか？」

「ないです。何も」

男は呆れたような、哀れな者を見るような、何とも言えない顔をした。

「よくそれで今まで……見たところ健康そうだし」

「……はい、健康だけがとりえです。でも、運動はできません」

「……もう一度聞くが、一緒に来るか？微力でもお国の役に立てるかもしれんぞ」

お国の役に？

やはり軍の人なのか。それも、一般的な自衛隊の人でもないのだろうか。特別任務でも与えられるのだろうか？

いや、まさか、でも…。

…どうしようか。

……とにかく、地元とは別の場所に行けるのならどこでもいいか。それに、お手伝い程度でもこの僕が役に立てるところがあるのなら。

「お願い…できますか…？」

「よし、わかった。俺は苗字は君と同じ田中、名は清正、階級は少尉だ。陸軍に……いや、まて、君はもしかして外地から来たのか？」

外地？

「実家は埼玉ですが」

田中……清正さんは、まだ疑って詰問を続ける。

「日本人なのか？」

僕がハーフに見えるのだろうか？

田中清正……少尉だったかは、とてつもない醤油顔だし、僕はどことなくヨーロッパの香りがするのだろか。そう言われれば、コーヒーでもキリマンジャロが好きだ。

それに父親は埼玉出身で、母親は大阪出身だ。そういう意味でいえば、確かに僕はハーフだ。

よく見破ったな、この男…。

「…よく言われますが、純日本人のはずです」

見栄を張っちゃった。

「まあ、どうでもいい。ついてきな」

…無視かい。

こうして僕、田中隼人はちょっと怖いが何となく親切そうで頼りがいがある、同じ苗字の田中清正少尉についていくことにした。

しかし、どうしてこんなところに来たのか。

なぜか古びた服を着たジジババと女性ばかりのいる見覚えのない駅を最後に見渡しながら思った。

まあいいや。京都も家も僕も何もかも、どうでもいいや。

どうとでもなれと思った。

「先ほどから面白いことをされてましたね」

知覧駅を出ると、また知らない男に声をかけられた。

「見てたんですか?」

男の言葉に田中清正さんが答える。男は二人連れである。声をかけてきた細身の男に代わって、もう一人の体格の良い男が答えた。

「遠目からですが」

ただ田中さんと男たちが敬礼のやり取りらしきものをしていたので、この人たちも軍の関係者だろうか。それにしては格好がそれっぽくない。

というか、腕にはめている腕章に「報道班」という文字が見えた。マスコミ関係の人間か、何だこの人たちは一体。怪訝《けげん》そうな顔をする僕に田中さんが耳打ちした。

「軍の報道班の人たちだ」

「あっ!言葉に出てました?」

「顔に書いてあるよ」

僕は顔をこすりながら、改めて男たちを見た。そんな僕と田中さんに細身の男が答え、続いて体格の良い男が答えた。

「どうも、このたび知覧飛行場に転属となりました陸軍報道班、小峰幸男です」

「同じく報道班、報国写真隊福岡支部の日村義武です」

二人の言葉に田中さんが答えた。

「田中清正、階級は少尉です。我々も基地に向かいます」

体格の良い方の日村さんが答えた。

「歩きですか? だったらトラックで来てますんで一緒にどうです?」

「それはありがたい」

小峰、日村という男はどうやら陸軍の報道をする仕事の人らしい。僕たちと同じ知覧の、飛行場といったか、そこに今から向かうのだろう。それにしても飛行場か。戦闘機とか置いてるのかな。

もしかして田中さんはパイロットだろうか?

だとしたらすげえ!

「あれです、行きましょう」

細身の小峰さんに案内されて行くと、見たことのない車があった。自衛隊の車両が高速道路を通っていく様子を何度か目撃したことがあるが、今僕の目の前にあるような車は一度も見たことがなかった。

随分と古い型に見えるが、趣味の車なのかな？大丈夫なのか、ちゃんと走るのだろうか。どうやら日村さんが福岡から運転してきて、列車で来た小峰さんを駅まで拾いにきたときに我々を目撃したらしい。二人ともしばらく基地に滞在するようだ。

田中さんと二人の話を横で聞いていると、小峰さんは元小説家で、新聞の社会部経由で従軍記者として元々は沖縄に行くはずだったが、こちらに変更になったという。日村さんは映画会社のカメラマンみたいで、主に撮影を担当するようだ。

車のエンジンが始動した。

…乗せてもらっておいて悪いが、乗り心地は最悪だ。地面からのショックがダイレクトにケツに伝わるし、シートは硬いしで、一日乗り続けたら痔になってしまうだろう。

道路舗装もあまりよくないのだろうか、小石をバリバリ踏んでいる。知覧というのはそんなに田舎なのだろうか。ずっと投げやりで、どこか他人事気分でいた。考えることを放棄していた。

でも、田中さんが一九四五年と言った。どういうことだろうか。これはまさか本当に臨死体験だろうか。そんなことを考えていると横から声がかかった。

「隼人さんは、田中少尉の弟さんですか」

？

小峰さんの言葉に僕と田中さんは顔を見合わせた。どうやら先ほどのやり取り、会話の内容までは聞かれていなかったらしい。遠目からは自殺未遂の弟を必死で止めようとしている兄、とでも見えたのだろうか。

小峰さんと日村さん曰《いわ》く、僕と田中さんはどことなく顔立ちが似ているようだ。そう言われてから田中さんは少し難しい顔をした。そして言った。

「小峰さん、日村さん。出逢って早々で恐縮なんですが、できる限り取材に協力するので、こいつを取材班に加えてもらえませんか」

にわかに田中さんがそんなことを言った。日村さんが驚いたのかブレーキを踏んだ。

今度は二人が顔を合わせてポカーンとして、後部座席をのぞいた。僕も驚いて、向かいあ合わせのシートなので対面に座っている田中さんの顔を見た。日村さんが言った。

「いや、しかし、急にそんなことを言われても……」

つまり田中さんは、僕が行くあてがないので弟を取材班に入れてやってくれ、と二人にお願いをしたのか？

「頼みます、そういうことにしてやってください」

「うぅん……どうなっても知りませんよ。それに、疑われると思いますよ。だって知覧は……」

そう言って渋る小峰さんに、田中さんが多少強引にも思える勢いで言う。

「承知の上です。私がなんとかします」

そこまで言われるなら、としぶしぶ二人は納得したようだ。

途中、一旦トラックを停めて、僕のために報道班の二人は色々と準備をしてくれた。小峰さんと日村さんに聞こえないよう、少しはなれたところに田中さんに連れて行かれて言われた。

「いいか。お前は俺の弟ということで通せ。はっきり言って、今のお前の存在そのものが怪しい！ただ、どうにも放っておくわけにもいかん！俺には弟などいないが、お前は私生児で戸籍もないかわいそうな子なんだ！行くあてもないので俺が預かってやることにしたんだよ！今そうなった。異論は受け付けん。分かったな！」

さすが兵隊さんだけあって、口からのマシンガンも勢いがある。

「以後、お前を隼人と呼び捨てにする」

「はい……」

しかし、田中さんの親切はありがたいが、すごいことになってきたぞ……。

まぁ、よく分からんがもうどうでもいい、何でもこい。もう何でもいいんだよ。

トラックの近くに戻ると、何点か装備が用意されていた。

まず服がおかしいというので、比較的に僕と体形の近い小峰さんの予備の上着を借りて着替える。「報道班」と書かれた腕章が付いている。幸いズボンはカーキ色の長ズボンをはいていたからか、そのままでいいということになった。

田中さんが「いいよ、俺支給されたばかりだからいらないのあるから」と言って革靴をもらった。

これが軍靴ってヤツか。ボロボロで、ちょっとぶかぶかだ。それを見て、田中さんが言う。

「基地にいったら俺の中敷をやるよ」

一通り準備し、万が一疑われたときの口裏合わせも終えたあと再び車を出した。

盆地になった市街地を抜けて、坂道を上がっていった。開けたところに、それらしきものが見えた。駅から二キロぐらいじゃなかろうか。案外近いもんだ。

「着きました」

小峰さんの言葉に前を見ると、門に武装した兵隊が立っていた。

そりゃわかるさ、銃を持ってるんだもの。本物だろう。日村さんが言った。

「ここから西へ一五キロほど行くと、補助基地の萬世《ばんせい》飛行場がある。君は行くことはないと思うが、我々はしばしばそちらへ行くこともあるだろう」

車のまま基地内に入っていってしばらく進むと、ある建物の前で停まり、田中さんに、「報告に行くからお前も来い」と言われる。戦術指揮所だか司令官のいる司令室だかいう所に行く途中、何人かの兵隊さんとすれ違った。

僕を除いた三人は敬礼などのやりとりをしていたが、よく分からないのでとりあえず会《え》釈《しゃく》して、愛想笑いしておいた。

「お前、本当に……何と言うか、一度も教練したことないんだな。でもなぁ……今の間に全部教えてもなぁ、ややこしいから覚えきれないだろうなあ。礼式令も持ってないし……」

田中さんが呆れたように言う。どうやら愛想笑いだけでは乗り切れないらしい。

「あのな、帽子を被ってるときは挙手注目をするが、お前のように何も被ってないときは敬礼ってのは頭を下げるもんなんだ。あとは敬礼！って号令がかかれば、とりあえず敬礼しとけ。後はそのつど殴られて覚えろ」

「(なんてひどいことを言うんだ…。) わかりました……兄さん」

「……待て、やめろ。田中少尉、もしくは下の名前で呼んでくれ」

苗字が同じでややこしいので清正さんとお呼びしようか。

三人がある扉の前で止まった。

「入るぞ、隼人」

基地に入ったときから全体的にピリピリしていたが、この扉の中からはそれ以上の緊張が肌で感じられた。清正さんは帽子を脱いで戸を叩く。

よし、ここは印象をよくするため、積極的に行こう！

率先して僕が入ろうとしたら、小峰さんに腕を引かれてちょっと怖い顔でにらまれた。

中から「入れ」と声がする。清正さんから順に部屋に入って、いきなり扉のそばで敬礼をした。

僕はテンパってしまって、平手を額に当てながら、頭を下げた。

ごっちゃになってしまった…。

そういえば中学も高校も、卒業式で証書をもらうときは同じ側の手足が同時に出てるとあとになって指摘されたもんだ。意味は分からなかったが、「太極拳の使い手」だの「ナンバ歩きの田中」とあだ名が付いた。

室内には二人の兵隊さんがいた。清正さんは二人の中でもえらい雰囲気のする人に近づき、何事か述べていた。この人が司令官だろうか。司令官とやらは背が高く、想像以上に若かった。

「報道班の名簿、名前が一つ抜けていたそうで」

「その男か?」

司令官にアゴで指される。

「はい、こいつは私の弟でして」

司令官は私と清正さんを比べた。

「弟? 確かに、顔立ちは似ているな」

そう言って目を横にやる。そうしてキリッとした強い口調で言った。

「小峰、日村、両報道班員、お前たちはもういい。引継ぎしてこい」

「はっ!」

小気味の良い返事をして、二人は退出した。

あ、出るときも敬礼するのねん。

扉が閉まると、司令官は質問を再開した。イヤに緊張するが、ボロが出ないように清正さんが代わりにすべて答えてくれる手はずになっている。

「歳は?」

「一六であります」

打ち合わせで僕は一六歳ということになった。そのほうが設定的にも人相的にもシックリくるらしい。

「今まで何をしていた?」

「実はこやつは、腹違いの弟で、私生児でして…。わけあって田舎に、彼と彼の母親の二人でひっそり暮らしていたそうです。学校にも行けず、戸籍にも載っていないそうで。そういうことを私も初めて知りまして。弟の方も、現在の戦争の状況を知って、いてもたってもいられなくなったそうです。そこで、以前から既知であった小峰さんに何とか奉公するようにできまいかと頼んだ次第であります。どうか、司令官!隊長!ここに置いてあげてはいただけないでしょうか!」

アドリブが所々はさまれている気もするが、よくもまぁこんな大嘘を饒舌《じょうぜつ》にしかも堂々と言えるものだ。しかしなぜ見ず知らずの僕にここまでしてくれるのか。

感心するぜ、清っち。

それに目に涙を浮かべる演技は俳優さながらである。しかし、もっと重大な、聞き捨てならないようなことを言っていたような…？

今まで黙っていたもう一人の兵隊さん、何かの隊長らしい。ちなみに司令官さんと隊長さんでは司令官さんの方が偉いらしい。その隊長の方が口を開いた。

「なぜ正規の手続きで編入しなかった？」

そりゃそうだ。至極もっともだ。

いきなりボロが出るんじゃ…やっぱり無理があったんだよ…。しかし、清正さんは動じることもなく答えた。

「最後まで、私のそばにいたいと、私を見届けたいといわれ、無下には断れなかったのです…」

「…そうか。でも身分のしっかりしないやつを、この重要基地には置けんなぁ」

隊長のその言葉に司令官の方の人が口を開いた、

「しかし、こんなマヌケなスパイもいないしなぁ」

「マヌケを装っているかもしれませんな」

人のことをよくも平気で「マヌケ、マヌケ」と言えたもんだ…。しかし、否定はできん…。

そのあと、お二方はしばらく考え込んだ。イヤな汗が流れる。

一分ほど沈黙が続いた。汗が滝のように出てきて目にしみる。司令官が相変わらずのキリッとした強い口調で問い詰めるように言った。

「田中少尉、誓ってスパイでないといえるな?」

「はい、誓って」

「よし、いいだろう。君は下がりなさい」

何とか切り抜けたようだ。清正さんは僕に小声で「下がっていいぞ」と言って、それ以上はみんな黙ったきりであった。

僕だけ下がるのは不安であったが、せっかくここまで親切にしてくれた清正さんの顔に泥を塗りたくない。

「失礼します」といって、部屋から出た。

扉を閉めたところで、ああ、敬礼を忘れてしまったと思い直す。

もう一度、扉を開ける。

キョトンとする三人にまた敬礼と同時に頭を下げて、「失礼します!!」と言ってまた扉を閉めた。

一瞬のあとに「プッ」という音と同時に、中から大きな笑い声が聞こえる…。

また…やってしまった…。


部屋を出てすぐ横に小峰さんと日村さんが待っていてくれた。どうやら前任班の引継ぎとやらが終わったらしく、僕に仕事内容と基地の案内をしてくれるそうだ。外に出て、歩きながら小峰さんは言った。

「道中どうしようか考えたんだが……取材のやり方や機材の使い方を教えても時間が足りない。それならば隊員の実直な気持ちを聞き取りしてもらうことにした。どんなことを思って戦っているのかを率直に話を聞いてくれないか」

つまり基本は兵隊と対話して、比較的自由にしていいとのことだった。

「ただし報告だけはしてくれ」

つまり記者みたいなものか、なんだかかっこいいじゃないか。

そのあと、車に乗って基地を案内してもらったが、さすがに飛行場らしく、とても広い。端から端まで二、三キロはあるのだろうか?

僕たちのいた恐らく一番東に位置していた施設から少し西へ移動する。

「ここから戦闘機が飛ぶ」

日村さんの言葉に辺りを見渡すと、最初に滑走路らしきところに案内されたらしい。

「あそこが誘導路。あれが出発線」

日村さんは実にシンプルな説明をする。細かい説明をされても全部理解できないだろうから、ありがたかった。

真ん中には主滑走路があり、クロスするように副滑走路がある。主滑走路は全長一九〇〇メートル、副滑走路は一六〇〇メートルの長さらしい。

「あれは掩体壕《えんたいごう》。要は格納庫。航空機が置かれている建物だ」

えんたいごう？

う〜ん…全体的によくわからん…。

とりあえずうなずいておこう。どうせすぐに忘れるし。

滑走路から景色を見渡すと、きれいな円形の山が海岸を背にして視界に入る。

「あれは開聞岳《かいもん》という。ここら一帯の海は錦江湾《きんこう》」

「小さな富士山みたいですね」

「別名、薩摩富士とも言う」

日村さんのその言葉に付け加えるように小峰さんが言った。

「今日は快晴だからね、雲がかかってないとはっきり輪郭が見えるんだ。まあ富士山と同じく、雲に紛れた開聞岳もまたオツなものらしいよ」

…なんて、美しいんだ。

美しいなんて言葉を使ったのは、いつ以来だろう。それでも、語彙《ごい》の少ない僕には、そうとしか表現できなくて。

しばらく三人でそれを眺めていた。

ただ、さっき教えてもらった掩体壕周辺にはメカニックらしき人がいて、忙しそうにしているのがここから見てもわかる。

あまりのんびりするのも悪いので、次のところへ移動するため車に乗り込んだ。

「ここの基地はどうやら基地の外にも施設があるらしくてね、今日中には全部の施設を案内してる暇はないよ。今日は僕らの部屋と……あとは、三角兵舎ぐらいかな」

三角兵舎?

名前だけ聞いてもよく分からないので、小峰さんに聞いてみた。

「兵舎というと、兵隊さんの寝泊りするところですか?」

「……まあそうだね。離れに、田中少尉たちが寝泊りする特殊な兵舎があるんだ」

南西に向って車を走らせた。途中から道が狭い林道のようなところに差しかかった。と思ったら、日村さんが唐突につぶやいた。

「松」

なんだ? マツ? とりあえず答えなきゃ。

「竹」

「梅……いやいや、暗号とかそういうことじゃなくて。ここは松林でね、もう少ししたら兵舎が見えるよ」

車が停まった。そして、どこにいてもノリ突っ込みというものがあることを知った。

降りると、そこにはぽっかりと三角の屋根が浮き出た木製の小屋らしきものがあった。屋根には木が何本かのせられていた。

「何だか背が低いですね。ん? これ、埋まってるんですか?」

「地下壕を作って、そこに埋めてある。敵に発見されにくいためだ。何棟かを固めず散在させている」

敵に発見されにくいため…。日村さんの言葉に小さな疑問が心に浮かぶ。

「ちょっとだけ中に入って挨拶させてもらおう。いいかい、必ず失礼のないように」

中に入ると、ムワッと熱気が立ち込めていた。もうすぐ四月というのに、この湿度はなんだろうか。すごく蒸し暑い。

ざっと様子を見ると、薄暗い裸電球が何個か備え付けているだけで、まだ陽が沈んでいないのだけど薄暗かった。

そこには兵隊さんは一人しかいなかった。わら布団の上で煙草を吸いながら、どこを見るまでもなく、ボーッとしていた。

肩に包帯を巻いて、汗だくになっているその人はこちらをちらりと見た。

その顔つきが僕をゾッとさせた。

頬がこけて、目が窪んで、全体的に顔の陰影が濃くなっている…。

「殺し屋」というものが本当に存在するのなら、こんな顔つきをしているのだろうか、今までの人生で見たこともないような恐ろしい顔つきをしている…。兵隊というのはみんなこの人のような顔つきになるのだろうか…。

小峰さんと日村さんはその兵隊の人と一言二言話して、すぐ出て行った。僕もあわててついていった。

「…君には主に、ここいらの兵舎の隊員の人たちの話を聞いてもらう」

小峰さんのその言葉に、先ほどのあの人の顔が目に付いて離れない。

「いつ特攻命令が下りるかもしれない中で、非常に精神的に不安定なんだ」

…え?

「えっ?特攻…命令?」

小峰さんと日村さんは、驚いた様子で顔を見合わせた。

「まさか…田中少尉から何も聞かされていないのか?」

えっ?え?何だ?おかしいぞ?

小峰さんは言いよどんでいたが、ゆっくり口を開いた。

「彼らは、特攻隊員。知覧は特別攻撃隊の出撃基地である。そして今の宿舎の隊員さんも、田中少尉も、特攻隊員としてここに来ている。早ければ明日にでも出撃する可能性がある。だから時間がないんだ」

特攻隊員だと?確かテレビか何かで見たことがある。敵に突っ込む決死の隊員だろ?

なぜ?

ここの状況はもうどうしようもないぐらい、僕の知っているものではないのではないか？

まさか、今僕はＳＦ小説みたいなことになっているのか？

一九四五年と清正さんは言っていた。

何だかんだとごまかして、気づかないフリをしていたけど…

もうごまかしようがない…。

これって…まさか…本当に…、
いわゆるタイムスリップ？

2 二日目 ［午前～夜］

三角兵舎を出たあとは東に戻った。施設の中の一部屋を報道班の詰め所として、ここに寝泊りするようだ。

あのあとも小峰さんと日村さんに色々説明されたが、それどころではなくあまり頭に入ってこなかった。

就寝。日をまたがずに床に入った。

しかし…眠れない。

頭の中をさまざまなことが駆け巡る。

どうやら僕は、一九四五年の戦争末期にタイムスリップしたらしい。

ここはもうこのように仮定でもしておかないと、目の前に広がる光景に頭がおかしくなってしまいそうだ。しかし、細かいことは全く分からない。

僕は昔日本とアメリカが戦争をしていたということと、終戦の日が八月一五日ぐらいしか知らないんだ。

あと唯一知っていることといえば…、
日本は負ける、これだけは確信を持って言える。

そして特攻隊員というのは、自らの命を犠牲にして、爆弾を抱えて敵の船に突っ込むことだろう。テレビでそんな特集をやっていた。

ここがその基地だって？しかも清正さんが、その特攻隊員だと？

…。

……。

………。


怒涛のように珍事が続いた翌日。

イマイチ眠れなかったが、とりあえずは報道班として僕は特攻隊員と話すという仕事を与えられたので、清正さんたちへの恩に報いるため真面目にこなそうと決めた。それに体を動かさないと頭がパンクしそうであった。

昨晩、小峰さんにおぼろげながら聞いたこと。場所や状況によって違うそうだが、基本的に陸軍というのは起床は六時、消灯は九時だそうだ。しかし隊員は知覧の基地では空襲と特攻のために、昼も夜も滅茶苦茶になっている。しかも隊員は出撃まで宿舎でじっとしているわけではなく、飛行機の整備、試験飛行、気象の研究、何より打ち合わせがあり、ずっと忙しいらしい。

そういえば、いつかテレビで見た特攻隊は連日連夜どこかで酒盛りをしていたり、どこかの食堂で交流したりしていたが、そんな様子はまるでなかった。

今朝日村さんに聞けば、この基地はあくまでも前線の基地である。ここまできて、どこかへ遊びに行くような隊員はあまりいないのでは、とのことである。それに特攻隊に志願してからは、訓練基地や経由地で歓待され、十分にハメを外してきたらしい。

その日の僕は結局基地をうろうろしたり、隊員さんに話しかける勇気も出ず、小峰さんや日村さんの話を聞くだけで、一日が終わろうとしていた。

その間、清正さんに遭遇することは、一度も無かった。

やはり、時代は変わっても、僕はダメ男でニートなのか…。そう思って、また情けなくなった。むしろ、死んでしまいたくなった。

でも、三角兵舎にいる人は死にたくなくても死ななければならないんだ。

気軽に死にたいなんて言えないと思った。

実際、もし自分が特攻しろと言われたら、どうなんだろうか。

特攻隊員としてこの基地に来て、何日かすれば出撃する。そこには『必ず死ぬ』という事実がある。

改めて思うと、何ということなんだ。あの人たちは一日、一時間、一分、一秒、何を考えているんだろうか。

そんな残り少ない時間を、僕なんかの仕事のために割いてしまって良いのだろうか?

…。

……。

………。

ウジウジ考えていたら、すっかり夜になってしまった。

滑走路周辺から報道班の寝泊りしているところにトボトボと帰る。一日、無駄に随分と歩いたので、靴が合っていないせいか足が痛いし、蒸れる。その途中、建物の角から清正さんが現れた。

「おお、探したぞ!」

そういって黒いモノを手渡してきた。何だろうかと思ったが、すえた臭いで靴の中敷だと分かった。

「わざわざ届けにきてくれたんですか?」

「まあな。それにどうしているのか気になっていたしな」

さっそく靴に貰った中敷を入れると、丁度良いフィット感になった。ありがたい。ただ、湿っていてイヤな感じがする。

なぜこの人は自分のような者にこんなに目をかけてくれるのだろうか。とても同い年とは思えない。彼に聞きたいことは山ほどあった。

でも彼には時間が限られている。

それを自分なんかのために…。

「何を言いよどんでるんだ?言いたいことがあるなら言え」

乱暴ながらも温かみのある口調に、思わず言葉が出てしまった。

「どうして自分のような人間に…そんなにやさしいんですか?」

清正さんはキョトンとした顔をしたあと、辺りをきょろきょろ見回して言った。

「ちょっとついてきな」

そのまま三角兵舎の方角の松林まで付いていくことになった。

ちょうど人目につきにくいような場所で清正さんは止まった。清正さんは腰を下ろして言った。

「小峰さんたちから話を聞くように言われてるんだろ?今日はもう何もないからいいよ。話してやる」

僕も座って、清正さんの方を見た。

「いいんですか、貴重な時間を?」

「いいんだよ、むしろ誰かと話したい気分なんだ。一人でいると、どうもな。余計なことを考えてしまう」

…余計なこととはなんだろうか。

「清正さんは……特攻隊員、何ですよね?」

「そうだ」

「なぜ?」

「なぜと言われてもな。まあ話さなかったのは、一応は機密なんだよ。あと、実はお前にはスパイ容疑がかかってたしな。いやこれ、ホントの話」

「ス、スパイ!?」

「そりゃあそうだろうさ、身元のはっきりしない人間が、この沖縄戦の最前線の基地にいるとなると、な」

あ、沖縄で戦うのか。そんなことも知らなかった。

「まあスパイ容疑は完全に晴れていないみたいだけれどな。みんなでお前を見張るみたいだよ。ああ、別に憲兵が来るとかじゃないから安心してくれ。それに今はそれどころじゃないんだ。ピリピリしてるんだよ、この基地は」

それは僕もこの基地に入った瞬間、肌で感じた。基地の一部には空襲の傷も見て取れた。どうやら三月の中ごろからこの基地への攻撃が始まったらしい。

「それで清正さん。聞いてもいいですか?」

「だからいいよって言ってるじゃないか。全部答えられるわけじゃないけど」

「特攻……いわゆる神風特攻……というやつですよね?」

「かみかぜ?……ああ、海軍さんの方では〝かみかぜ〟、というか〝しんぷう特別攻撃隊〟なるものがあるんだが、これ自体、海軍が生み出したものだ。こっちの陸軍ではあんまり使わない呼称かな」

そうなのか。現代では特攻はすべて神風みたいな感覚だったけど、こちらの時代ではあまり使われないんだな。不思議なもんだ。

「その特別攻撃隊……特攻ってのは、命令されたんですか？」

「う〜ん、これまた答えづらい質問だな」

　清正さんは少し考えてから言った。

「俺の場合は特攻志願書という紙が渡された」

「特攻志願書？」

「そう。そこには〝熱望〟・〝希望〟・〝志望せず〟、という三択が書かれていた。保留、という選択があればすぐにそれを選んだんだが。どうだろうな、〝志望せず〟と拒否した人もいるとの噂もあるし、熱望という回答を強要する空気があったとの噂を聞いたこともある。ただ、そういうことを他人には聞けないから。例え同じ釜の飯を食った仲でも、最低限の武人としての礼節というんだろうか。俺は元々大学生だったし武人の家系でも無いんだけどね」

「それで、清正さんは？」

「俺の場合は淡々としていたよ。他のやつは知らないが、書いて出して終わり、と事務的だった」

「今ここにいるということは……」

「当然、熱望したよ」

！？

なぜ！？

清正さんはとても死に急ぐような人には見えない。

「なぜですか？」

「さっきからお前なぜなぜ言っているな。もしかして奄美大島の名瀬のことを言っているのか？ガハハ」

清正さんは豪快に笑った。失礼だが、あまり面白くない…。

こういうときは現代人の得意技、愛想笑いで済ませておこう。しかし、浮かんでくるものは疑問ばかりだった。

「なぜかと問われれば決まっている。そういう作戦があり、俺が既に軍人だったからだ」

「拒否しようと思えばできたでしょう？」

「できたのかな？いやしかし、俺が征《い》かなくても他の誰かが征くんだから、それを傍《はた》から見ているだけというのは…結局は早いか遅いかの問題か？それも違うか？まぁどちらにしても今となっては、余計なことだ」

「余計なことじゃないですよ！命あっての物種です！僕のいた時代じゃ、特攻なんて、犬死に扱いされたり、戦争の悲劇の代名詞にされたりしてますよ！」

「…僕のいた時代？」

（しまった！）

感情的になって思わず口走ってしまった。どうしよう……。

「僕のいた時代とは何だ？」

……もう清正さんならいいか。最悪、頭のおかしい奴と思われても仕方が無い。

「言って信じてもらえるか分からないですが…」

僕は話すことにした。ゆっくり、ポツリポツリと。僕のいた時代のこと、自分がどんな人間だったか、どこかへ逃げようとしていたこと、電車に転落したこと、気づけばこの時代にいたこと。

語彙《ごい》が少なくて、たどたどしかっただろう僕の話を、清正さんはただ黙って聞いてくれていた。

「そうだ！」

そう言うと、僕は証拠というわけでは無いが、メモ帳代わりにしていた現代のスケジュール手帳とペンを何本か見せた。

「二〇一五年……。きれいな印刷だなぁ。それにそのペン、江戸時代のカラクリ人形みたいだ。そんなものが手軽に買える時代なのか?」

「わりと」

「豊かな時代になるんだなぁ」

「…信じてくれるんですか?」

「わからん」

ガクッときた。

でもまあ、ばっさり一刀両断されないだけマシだ。

「だとすると、なおさら俺は征く理由ができるな」

…あの…、僕の話聞いてます?

「いや、だから…この戦争は、負けるんです。だから…」

「無駄死にだと?」

「…言いにくいですが…はい」

「無駄死に…ね」

少し清正さんは考え、「ちょっと難しい話だけど」と前置きした上で言った。

「正直、俺もこの戦争が優勢であるとは思わないし、この作戦で趨勢《すうせい》が変わるかどうかわからん。特攻機だが、実際は出撃しても敵艦に突っ込む確率ってのは非常に低いんだ。天候不良や故障で引き返す機体も多い。最近は敵も空中哨戒を強化してきて、特攻阻止に躍起になってるんで、途中で迎撃されるらしい」

早口で話す清正さんの言葉の意味が少しずつ分からなくなってきたけど、構わず清正さんは続けた。

「以前は直掩《えん》機といって、特攻機と同数ぐらいの戦闘機で援護して路《みち》を作っていたんだが、最近は数を確保できないらしい。だから敵艦を見れずして迎撃されることが非常に多くなった。敵艦近くまで行かれるのもそれにしたがって減っていった。それを抜けて敵艦隊近くまで行っても、高角砲によって撃ち落とされる確率も以前より増えた。ごくわずかなんだよ。実際に敵艦に特攻して戦果を挙げられるのは」

…難しくてよくわからん。

「要するに、実際に敵艦に突っ込める人は少ないということですか？」

「ハハ、まあ要するにそういうことだ。我々の戦争の始まりは、欧米列強。まぁ白人の支配に対抗する自衛権の行使、自分たちの国を護《まも》るためであったとされる。そこから白色人種の支配から亜細亜の解放がうたわれた。俺の教官殿は、『白色人種のそれ以外の民族に対する支配から、すべてを平等に解き放つために起つんだ征くんだ』と仰っておられた。そのうちどんどんとお題目が増えていった」

「そんなの！」

「そうだな。いくら欧米列強の支配から亜細亜の開放っていうお題目を掲げたところで、感謝されるところでは感謝され、恨まれるやつには恨まれるんだ。それが戦争なんだろ」

「………」

一つ一つの言葉は分からなくても、全体的に言っていることは何となく理解はできるのだけど…。

…わからない。

ここまで頭がよくて明るく朗《ほが》らかで、色々と物事を整理している清正さんがどうして特攻して死んでいくのか。そうして僕はつい聞いてしまった。

「清正さんは…死ぬのは怖くないのですか？」

その言葉を口に出してしまった瞬間、僕はすぐに表情で分かるぐらいハッとした。いくら僕がなにも知らない人間だったとしても、この質問は明らかに不謹慎で、明らかに失礼すぎる質問だろう。

「………」

そんな失礼なことを聞いてしまった僕に、さっきまですごい勢いで話してくれていた清正さんはピタッと沈黙し、そのまま笑顔を無理に保とうしてくれているのか口角は上がりながらも、それでも決して奥の方は笑っていない目で僕をまっすぐ見つめた。

数秒間、そのままの沈黙状態が続いた。怒らせてしまった…。そう思い、謝ろうとしたその瞬間、清正さんがゆっくり口を開いた。

「怖…く…、ないわけ、ないだろう…」

そう言って、ふと見た清正さんのその手はガタガタと震え、頬が強張《こわ》り、目には涙が浮かんでいるように見えた。僕は大変なことを聞いてしまった…。

「ご、ごめんなさい…」

そう言った僕に清正さんは怒鳴りつけることも、責めることもなく、ふっと空を見上げ、分からないように涙を拭《ぬぐ》うような仕草をした。

空に向けられていた目線が僕のところに再び戻された時には、清正さんの表情は、さっきまでと同じ明るく朗らかで頼りがいのある男の顔に戻っていた。

「ご、ごめんなさい…本当にごめんなさい…」

僕は繰り返し謝ってしまった。もう僕は取り返しのつかないことをしてしまったのかもしれない。それでも清正さんはその後も何もなかったかのように、むしろ失礼なことをした僕に気を利かせて話題を変えてくれ、自分の生い立ちやここに来るまでを話してくれた。

そこまでしてくれたのに僕は清正さんの話に集中できず、頭の中はさっきまでの話のこと、さっき清正さんがふと見せた表情のことでいっぱいだった。

いや、ここで僕が困らせたってしょうがない。僕もモヤモヤする頭を切り替えることにした。

「俺って実は大学生のインテリだったんだぜ」

「さっきもチラリと聞きましたが、どこの大学ですか?」

「福沢諭吉先生」

「まさかの慶応ボーイ!」

「婚約者もいた」

「え!…それは」

「それが俺も想定外だったんだよ。いきなり動員…その、召集令状がきてな」

「聞いたことあります。赤紙というやつですか」

「そう、本当に薄い赤だったよ。てっきり大学を卒業してから兵隊になるもんだと思ってたんだが、在学中に来てびっくりしたよ。段々と卒業の時期が早まってきてたんで、よほど人が足りなかったんだろう」

「それでパイロット…飛行機の搭乗員に？」

「いや、最初は歩兵だったんだぜ」

「ほへ～。それって…大変なんですか…？」

「殴るぞ？　いや、訓練はきつかった、大学でヌクヌクしてた俺には初年兵としての訓練が一番厳しかった。それで翌年には特別操縦見習士官といって飛行士の卵になったんだ。大学では不良学生だった俺は、てっきり前線に送られてそのまま死んで来いなんていわれるかと思ってたんだがね」

「不良だったんですか？」

「うん、毎晩遊び歩いて飲んだくれてたし、こそこそ逢引《あいびき》とかよく行ってたし」

　逢引？　多分デートのことかな。

「婚約者と？」

「うん、よく二人でカフェや演劇を見に行った。カフェ、お洒落だろ、カフェ」

「シャレオツですね」

「シャレオツ？　ああ、お洒落を中途半端にひっくり返したのか。流行ってるのか、そういうの？」

「一部では。特に小峰さんや日村さんのような業界の人はよく使うそうです」

「なんか腹立つな」

「ハハ、違いないです。…急に戦闘機乗りになるよう命令されたんですか？」

「いや、自分で志願したんだよ」

「これまた意外ですね。どうしてですか？」

「どうせ戦うなら、空に飛んでみたかった。神様だか仏様だか知らないが、そういったものと最も近い場所で命の賭け合いをしたかったんだ」

「結構好戦的な理由なんですね」

「戦争だからな。俺も戦争に負ければ国体が維持できなくなって、家族も故郷も滅んでしまう。だから勝つしかないってのは、概《おおむ》ね同意なんだよ」

「概ね…。この時代の人は、みんなそう考えてるんですか？」

「ほとんどな。そうでない人もいるし、もっと好戦的な人もいる。軍隊ではとんでもない天才を俺は見たことがあるし、とんでもなく悪いやつもいた」

「いつの時代でも同じですね」

「そりゃね、七〇〇〇万人いるんだ。性格も戦う理由も人それぞれだろう」

「……………」

沈黙した僕に、清正さんは話を変えてくれた。

「実家は福岡で、大学のために上京していたんだ。そこで素敵な女性と出会ってね。自由恋愛だよ。彼女は甲斐田八重子という。実家は東京の世田谷にあった。良家のお嬢様だったんだ」

「お嬢様。すてき」

「彼女の両親も公認でそれで婚約者ということになったんだ。この間、久しぶりに外地……、外国の戦地から日本に戻って実家に寄ったあと、八重子に会って彼女の両親に挨拶にいったんだ。その日一日しかいれず、明日にはまた別の戦地へ向う旨《むね》を申せば、『よし式を挙げよう、明朝式を挙げよう』と言い出した。色々と断ったんだがな。翌日には親戚一同そのまま集まって、婚礼の儀が行われることになったんだ」

「ず、随分と急な話ですね」

「その夜の帰り際、八重子には言ったんだよ。結婚するっていうことは、お前を縛《しば》るってことだ。飛行士は撃たれたら墜落するんだ。撃たれるときは撃たれるんだから、そりゃもう仕方ない」

…確かに…。

「俺はお前が元気でいてくれればそれでいいさ。俺にこだわるこたぁねえんだ、ってな」

「そしたら最初は八重子も、私は気にせず元気でやるわ、なんて言ったんだよ。強い女性だな、と思った。こんな勝手な俺によく付き合ってくれたもんだよ。だから、結婚してすぐに未亡人になんてなって欲しくないんだよ。でもそれは勘違いだったんだよ」

「どういうことですか…？」

「帰り道、家に向かって歩いていくうちに、背中越しに後ろを歩く八重子のすすり泣く声が聞こえてな……」

「泣く声……」

「それで翌日、そのまま結婚したんだ。今でもこれでよかったか分からないが、俺は幸せだよ」

…。

……。

………。


清正さんとの話が終わるころには、あたりはすっかり暗くなっていた。

それにしても…暗い。

照明がどこかしこにも爛々《らんらん》と輝く現代と違い、ここには原始的…とでも言えばいいだろうか、深い暗闇が広がっている。それに今夜は風がないせいだろうか、不気味な静けさがある。

戦時であるという異常さと、この静寂が、どこか僕を高揚させ五感が敏感になっているような錯覚を覚えた。

ずいぶんと清正さんと話し込んだものだ。

詰め所に歩いて戻りながら、言われていた小峰さんと日村さんへの報告の内容を考えた。

3 三日目［午前］

翌朝、蒸し暑い報道班の詰め所で目を覚ました。

シャツにうっすらと汗が染みている。よくよく考えてみれば、三月といえど知覧は南国なんだ。現代の埼玉はまだ肌寒い日もあったので、気温の変化にまだ体がついていってないんだろう。

それにしてもなぜか足がムズムズする。体を起こしてみると、小峰さんも日村さんもいなかった。

僕が昨日、清正さんと遅くまで話しこんで、ここに戻ってくると、小峰さんはいびきが、日村さんは歯軋《はぎし》りがひどかった。共同生活というのも大変である。というか報告内容を考えていたのに、先に寝てるんだもんなぁ。

部屋を見渡しても、書き置きもないので、隊員への取材を引き続きすればいいんだろうか。放置されている感があるが、二人とも僕の扱いに困っていると思う。

清正さんと同様、二人にも恩があるので、顔を洗って口をゆすいで、粛々《しゅくしゅく》と言われたことをやろう。

サッパリした顔で表に出た。やはり行くべきところは三角兵舎であろうか。

しかしいまだにわからない。

これから必ず死ぬ運命に身を置いている人に、何と言って挨拶していいものか。

朝日がまばらに射している例の松林を抜けて、三角兵舎の前まで来たが、僕はまだ建物の前でグズグズとしていた。すると、中から誰かが出てきた。

慌てて木の影に隠れる。

…こうして隠れてしまうあたりが、僕が僕たる所以《ゆえん》なんだろうね。わかっちゃいるさ…。

そっと顔を出して様子を見ると、どうやら女性が何人か出てきた。

女性たち、上は学校の制服のようなものを着ており、下には鳶職《とびしょく》の人がよく履いているふくらんだニッカボッカのようなズボンを履いていた。

模様がさまざまだ。あれが「モンペ」というヤツだろうか。女性たちは手にシーツや衣服を持っていた。どれも汚れている様子なので、これから洗濯しに行くのだろうか。タイミングを見計らって、声をかけてみようか。

しばらく様子を見ていると、遅れて一人、中から出てきた。お、手ぶらだ。その女性に急いで駆け寄った。

「やあ!!」

「キャア!」

しまった!木に寄りかかって、そよ風のように声をかけるべきであったか。いきなり走ったので息が切れており、まるで変質者である。

「脅かしてすみません。私は報道班の田中と申します」

「は、はぁ私は知覧高等女学校三年の柳美智子と申します」

名前は柳美智子さんというのか。最初の印象が悪かったのか、柳さんは少し警戒して僕を見ている。

「あの、また取材ですか?」

「また?」

「違うのですか?この前、新聞記者に囲まれて、特攻隊員のお兄様方について覚悟やら何やらを矢継ぎ早に聞かれて、困ってしまいました」

やはりこの時代の記者の人たちも、隊員自体にどう声をかけていいのか分からないのだろうか。

「いや、僕はそんなたいそうなものではありません」

「あら、そうなんですか。私と同じ年かしら?」

そんなに僕は幼く見えるのだろうか?しかしこの時代では一六歳で通すことになっているし、仕方ない。

「年は一六です。ここにいる田中少尉の弟でして、名を隼人といいます。兄に便宜《べんぎ》を計ってもらって」

「便宜?」

「ああ、いえ!別にやましいことは!お世話してもらって、わけあって報道班というところにいるのです。そこで色々とみなさんにお話を聞くような仕事を命じられているのです」

「そう…ですか」

柳さんは僕から興味をなくしたのか、どこかへ向かう素振りを見せた。

まだ離さないぞ!

「柳さんはここで何を!」

「キャッ!!」

しまった、声量を間違えて大きくしすぎた！！

また柳さんを驚かせてしまった。それでも柳さんは驚き、警戒しながらも応えてくれた。

「特別攻撃隊担当の勤労奉仕隊員をしています」

ちょっと声色が冷たくなった気もするが、ガンバレ僕。

「勤労奉仕？」

「あら、ご存じない？特攻隊員の方のお洗濯やらお裁縫をして差し上げているんです」

勤労奉仕、そういえば学校の授業で聞いたことがあるような、ないような。要するに兵隊でない人が来て、お世話することだろうか。そんなことをまとまらない言葉で柳さんに聞いてみると、柳さんは答えてくれた。

「そう、お給仕です」

「特攻隊員の」

「では私は行きますね」

そういってすたすたと歩き出した。

「あ、最後に一つだけ聞いてもいいですか！」

柳さんはこちらを振り返った。

「隊員の人に、どうやって声をかけたらいいでしょうか?」

少しの間のあと、彼女は声を上げた。

「バカね、あなた!それぐらい自分で考えなさい!!」

とうとう怒らせてしまった…。

無礼だったか、礼節を欠いていたか。しかし可愛い人だった。早足で柳さんは去っていった。

「振られちゃったね」

なにをぅぅぅぅぅぅぅう!?

急に後ろから声がした。

驚いて振り返るとそこには長身でハンサムな隊員らしき人がそこにいた。

「すまん、一部始終見てた」

「あ、あなたは?」

「君、スパイなんだって?」

「えええ!いやいや、違いますよ!」

「冗談だよ。何となく、冷やかしたくなってしまった」

「ええと、田中隼人と申します。一応、報道班員です」

「ハハ、一応って何だよ。田中少尉から聞いてるよ。別の隊だが同じく飛行士の西平勝次だ」

同じパイロット、であれば……。しかし、「あなたも特攻隊員ですか」などと聞いていいものだろうか。

次の言葉を考えているうちに、西平さん…という人は「それじゃ」といってどこかへ行ってしまった。

午後になった。

一旦詰め所に戻り、日村さんがいたので一緒に昼食を食べる。メニューは握り飯、味噌汁、めざし、ふかし芋だった。

基地内のようすが、慌《あわただ》しい。特に滑走路の辺りがバタつく様子があった。

遠目からその方角を見ていると、上空から五機、戦闘機がやってきた。そのまま滑走路辺りに着陸していた。新しい機体でも到着したのだろうか?

そのあと、清正さんの部隊の三角兵舎に向かった。再チャレンジだ。

先ほど、日村さんに聞いたのだが、隊によって兵舎が違うそうだ。当たり前な話らしいが、馴染みのない軍隊の生活は僕には想像し難い。

兵舎がちょうど見えてきたあたりで、中からまた女性が数名出てきた。

柳さんもいた。

「あら、またあなた」

「こんにちは」

今度は隠れず普通に挨拶ができた。

「兵舎に御用が？」

「ええ、まあ。中に誰かいますか？」

「残念、今はいらっしゃらないわ。先ほどまでは一人いらっしゃいましたけど、数分前に医務室へ行ってしまって、いつ戻られるかわかりませんわ」

しまった、また間が悪かったか。というより、寝るとき以外はあまり兵舎にいることが少ないんだろうか？

「今日、柳さんたちは何を？」

「朝は唄《うた》を唄って励ましてあげました。あなたも悩んでいる暇があったら思いつく言葉で慰めてあげなさいな」

……驚いた。

歳は僕より若い一六、七歳なのになぜこんなまっすぐに励ます、慰めると言えるのか。

女性は強し。改めて思った。けど、どうしても悩まずにはいられないんだ。

「柳さんは、戦争が怖くないんですか？」

「そりゃあ、あなた。敵さんは恐ろしいですわ」

「ここも、いつ攻撃されるか分かりませんよ」

「存じてますわ」

毅然《きぜん》として言い放った。

「…お強い、ですね」

覚悟が違うのか？しょせん、時代の違う僕には理解できないのか？また思い悩む僕を見て、
柳さんは言った。

「来るべきときがくれば、私たちも立派に特攻隊の英霊に続き、日本の女性ということを忘れず敵を一人でも殺して死ぬつもりです」

……。

………。

…………。

陽が沈むころ、先ほどの勤労奉仕隊の人たちが帰って行くのが見えた。

あ、ここに寝泊りしてないんだ、チェッ。

…いや、まてまて、またこうやって僕は期待ばかりして。そのくせ…何もしないんだ…。

彼女らは、特攻隊員のお世話をするという大命を授かっているんだ。

僕なんかは…。

夕日のせいもあったかもしれない。また一人でグジグジ悩んでしまった。

悩みには大きいも小さいもないというが、必ず死ぬという状況に僕はいまだかつて体験したことはない。電車に転落しそうになった件は、別に死のうと思ったわけではない。ただの「諦《あきら》め」だったのかもしれない。

けど、ここにいる人々は死に急いでいるわけではない。そんなわけない。

普段あまり歩かない分、基地では西へ東へ徒歩で移動していたので、足が棒のようになっている。覚束《おぼつか》ない足取りで、詰め所まで小峰さんと日村さんに報告しにいった。

清正さんとの話、柳さんの話、そして、清正さんや柳さんとの話から感じた僕自身との覚悟の違い…。そこから生じた「これでいいのか」という僕自身の葛藤…。

最後まで二人は黙って聞いていた。話が終わると日村さんは僕にゆっくりと話し出した。

「報道班員というのはある意味、兵隊と故郷をつなぐ慰問という一面もあると、以前ある人に言われたことがあった。俺たちだって当然、兵士の心情を想像してみる。しかも今回は特攻の隊員だ。励ましていいものか、何を話したらいいか。今でも俺は分からない。そもそも自分ごときが、彼らの悲しみを分かち合ったり、取り除いてあげることができるのか。それすら分からない」

小峰さんが声を絞り出して言った。

「僕が昨日、やっと話せた隊員が、今日は見られなかった」

?？

見られなかった？

「……それって、まさか」

「うん、今日の早朝にね……特攻の任務で出撃した」

!?

僕は気づいていなかった。自分がボケボケ、グジグジしている間にも命が散っていっていることを。

ここは特攻基地なんだ！僕はいつまで寝ぼけているんだ！

4 四日目【午前〜午後】

基地に来て四日目の朝を迎えた。

起床のラッパの音で目覚めたのではない。足の裏がかゆくて、たまらなくて目覚めた。特に今日は湿度が高いようで、目覚めたときにはじんわり体が湿っていた。

というか…。

か、かゆい！かゆいかゆい！！かゆいかゆいかゆいかゆいかゆいかゆい！！！！

足の裏がかゆい！

まさかとは思うが、水虫になったのでは！？

足の裏を見ると、すっかり皮がむけていた。

………。

ショッキングな朝ではあったが、基地は今日もあちらこちらで忙しそうだ。決まった時間というものがもはや見られない。

それでも行動しなければ。昨日という日を無駄にしないために。

報道班の詰め所から少し歩いたところに戦闘指揮所という場所がある。僕がそこを通ると、ちょうど一人兵隊さんが出てきた。

「あ、お、おはようございます、西平さん」

「おはよう、隼人くん」

昨日の朝に会ったパイロットの西平さんだった。昨日は挨拶をしたぐらいで終わったが、やはり多忙なのだろう。

「会議か何かだったんですか?」

「そうだね。今終わったところで、二時間後には飛行機整備班のところに行く」

西平さんは煙草を取り出し、口にくわえた。

「…少し、お話してもいいですか?」

「ん?あぁ、いいとも」

マッチで火をつけ、煙をくゆらせながらそう言った。その時、遠くから笛か何かのやさしい音が聞こえてきた。

「整備兵の中で尺八の上手な人がいてね。たまにああやって吹いているんだ」

「怒られないんですね」

「いや、これがたまに怒られるんだ」

　西平さんのその言葉に少し笑ってしまいながら、僕たちは格納庫近くのちょうど腰の下ろしやすい場所までやってきた。

「隼人君…でいいよね。どうだい、仕事は進んでいるかい?」

「いいえ、それがまったく」

「どうして?」

　西平さんがパイロットならば、特攻隊員なのだろう。そうであったら、特攻隊の人にどう声をかけていいかわからない、というのを本人に聞くのもおかしな話だ。

「自分は何をやっても上手くいかないんです。口下手ですし、不器用ですし。それに頭も悪いんです」

「そうか、苦戦しているみたいだね。いいじゃないか、口下手でも不器用でも。頭が悪けりゃ勉強すればいい」

「ありがとうございます。ところで西平さんはどちらから来られたんですか?」

「生まれは岐阜だ。ここに来る前は、台湾の教育隊にいて、そのあと、兵庫の加古川飛行場に転属になった。最後はここだ」

……。

…………。

……………。

……最後。

……最後なんだ……。

「ご結婚されてるんですか？」

少し沈黙があった。聞いてはまずかっただろうか。西平さんはゆっくり口を開いた。

「結婚はしていない。兵庫からここに来る前にな、ちょっとお休みをもらって故郷へ帰ってたんだ」

故郷というと、岐阜のことか。

「あの、白川郷、ですよね。観光に行ったことがあります」

「そうそう、来たことがあるのか。あそこはいいよ、白川郷。合掌造り、五箇山……。冬の雪景色に行くと幻惑的だし、夏草の茂る時期に行っても心を揺さぶる」

西平さんは、まるで話しながらその景色を思い浮かべているように遠い目をしながら、ゆっくり、ゆっくりと話した。

「何というか、ただ古いだけじゃなくて、構造が合理的であり論理的であって、それでいて郷愁が呼び起こされて…あそこは後世まで残っていてほしいなぁ」

「…残りますよ、あそこは」

「そうかい?…そうだな、残すんだ」

「酒も旨いし…長良川、金華山、懐かしい思い出ばかりがよぎるなあ」

「……」

「あとは桜。これは自身をもって言える。春は岐阜へ行くべきだ。高山の臥龍桜《がりゅうざくら》、根尾谷の淡墨桜《うすずみ》……ただ単に美しい、はかない、だけじゃなく、それぞれに個性豊かな趣がある」

「あ〜、確かに桜は有名ですよね」

陳腐な返ししかできない自分が恥ずかしい。

西平さんはそんな僕をバカにすることもなく、やさしい目でジッと見つめた。しばらくして、ふと我に返ったのか、再び言葉を続けた。

「実家は美濃のほうでね」

「美濃ですか」

「美濃。僕の許婚《いいなずけ》の家も近所にあったんだ。絹代っていう名前なんだ」

「許婚がいらっしゃったんですか?」

「ご近所で、こちらと向こうの両親が仲がよろしくてな。僕もずっと絹代ちゃんと結婚するもんだと思ってたよ」

「…西平さんは特攻隊員の方ですよね」

「そうだ。そのためにこの基地に来た。最後に暇をもらってね、それで故郷に寄ってからこっちに来たんだよ」

「そうなんですね」

「それで、帰ったとき、急に彼女から結婚の話を持ち出されてな。ここに来ることは言ってなかったんだが、そういうのってわかっちゃうもんなのかな」

「結婚はしなかったんですか?」

「断った」

「え、なぜです?」

清正さんは同じような場面で結婚したのに。

「考えてもみてくれ。結婚してしまうと、僕が死んだあとも彼女を縛ってしまう。そうなると心苦しいのだ。結婚して数日後には未亡人になるんだぞ」

！？

なんてことだ、清正さんと同じように考えているのか！

「そんなのは…駄目だ…」

絹代さんは二度と会えないこの機を逃したら結婚できないと察したんだろうか。西平さんは二本目の煙草に火をつけた。

「ここに来る前に結婚をすませた隊員もいるらしい。これぱかりは、僕が正しかったのかわからない。ただ、絹代には元気でいてくれれば良いと思った」

そう言うと、西平さんは一瞬奥歯を噛み締めてから絞り出すように言った。

「だから…断ったんだ。僕のことは勇気を出して忘れてくれ…と。向こうも困らせちゃいけないと思ったのかな。結婚の話はそれ以上出なかった」

「……特攻隊には、ご自分で志願されたんですか？」

「え？ああ、そうだ。まぁ僕の場合は半分命令のような志願でもあったけどね。まぁそこら辺は詳しく聞かないでほしい」

「それでも拒否をされなかったのは、日本のために？」

「………」

再び、沈黙ができた。質問を変えよう。何を話そうか……？

「何か僕にできることはないですか？」

ああ、何を言っているんだ僕は。

「隼人君にかい？…そうだな…」

西平さんはそう言うと、まっすぐな目で僕をみつめた。そのあとの言葉に驚いた。

「生きてくれ…、君は」

なぜ僕にこんなことを言ったのか、それに対してどう答えていいのかも分からず、結局、僕はまた的外れなことを言った。

「…。他に…望むことは？」

僕のその言葉に、西平さんは少し不思議そうな顔をしてから、それでも少し考えてから空を見上げるように顔を上げて誰に言うともないように言った。

「他に？他に今、思い浮かぶのは…故郷、かな。帰ったばかりなのに、故郷をもう一度見たい。そして家族。両親、兄弟。今はそれしか思い浮かばないなぁ」

「故郷…ですか…」

「日本の…ため…か…」

「え？…なんですか？…」

西平さんが急に僕には想定外の言葉をつぶやいた。

「さっき、特攻隊に志願したのは日本のためですか？…と聞いてくれたね」

「え、あ…、はい」

「君にとって日本っていうのは何だと思う？…」

「………」

突然、西平さんから発せられた質問に僕は下を向いて沈黙してしまった…。それはそうだろう…。こんな大きな質問、今まで何も考えずにクズのような生活をしてきた僕に答えられるわけがない…。

「僕には…分かりません…」

「そうか」

そう言うと、西平さんは一瞬下を向いて煙草を吸い込み、そのまま空に向けて煙を吐き出した。晴れ渡る空とハンサムな顔が相まって、その仕草はまるで映画のワンシーンを見ているようだった。

煙を吐き出し切った西平さんは、煙が空に溶け込んでいく様子を見届けると、そのまま視線を戻して僕のことをジッと見つめた。なぜだろうか。さっきからずっとその目はどこまでも深いやさしさに包まれているように感じた。

「どうしてだろうな。僕にもよく分からないけど、君には話さなくていいことまで話したくなるな」

「あ、ありがとうございます…」

せっかくの西平さんの言葉なのに、どこまでも陳腐な返ししかできない自分に腹が立つ。

「僕にとっての日本というのはね、家族、両親、兄弟、僕の大切な人たちのことなのかもしれない。それを育んでくれたのが、故郷やこの日本の大地であるということを考えたら、確かに僕が特攻隊に志願したのは『日本のため』ということなのかもしれない」

「は、はい…」

「けど、あと数日以内にこの命が終わるんだという今このときに思い浮かぶのは、大切な人たちとの楽しかった思い出や笑顔だけだったみたいだね。幼いときに病気をして母親に看病してもらったときのこと、手をつないで神社に一緒に参拝したときのこと、入隊してからもわざわざ遠い基地にまでリュックサックを背負って会いに来てくれたあのときの真っ黒に日焼けした太陽のような笑顔、故郷で絹代と一緒に歩いた桜並木、頬を通り抜ける風、桜吹雪、ふとしたときに見せてくれたあの笑顔…」

「………」

「家族や絹代、僕の大切な人たちを守ろうと思えば…ね、征くしかないんだ…」

「生きてこそ…ということは…考えられないのでしょうか…?」

また失礼なことを言ってしまったかもしれないと一瞬思ったけど、これは本当に僕の本音だった。怒られてしまっても仕方ない。けど、聞かずにはいられなかった。

そんな僕に西平さんはやさしい表情はそのままに、それでもスパッと切るような口調で一言だけ言った。

「これは戦争なんだよ、隼人君」

ハッとさせられた。そうだった。僕は戦争というもの、その恐ろしさをまったく分かっていない。ただ教科書や授業で日本が戦争で負けたという事実だけを知らされて、その後の平和な時代にぬくぬくと生きているだけ。だからこそ、偉そうに「生きてこそ…」と言っているのかもしれないけど、それはただの結果論であって、いまこの時代に生きている人たちには未来の日本の平和な姿など見えていない。あるのは家族や大切な人を失うかもしれないという、「今」この瞬間だけなんだ。

「ご、ごめんなさい…」

「謝らせてしまって申し訳ない。けど、君と話せてよかった。ありがとう」

「いいえ、こちらこそです…。たくさん、お話聞かせてくださってありがとうございます。西平さんの本音も聞けて…」

「本音…本音か。そうだね、しばらく本音というもので人と話した記憶がなかったのかもしれないね」

「他にも何かお話していただけること、ありますか…?」

「ハハハ、気を遣《つか》ってくれるのかい?ありがとう」

西平さんはそう言うと、遠い目をして空を見上げた。そのまま空につぶやくように言った。

「ただ、会いたいな…。ただ会いたい。絹代に。もう一度だけでいいから…」

涙がその頬を濡らしていた。


午後、三角兵舎に向かった。

ここに来てから何度も行っているのだが、中で誰かと話したことはない。

そもそも兵舎なので、あまり軽々しく入ってはいけないのだろうか?

またグジグジと考えながら松林を抜ける。

このしみったれた思考は生まれつきのものなんだろうか、一生治らないのか。

できるならば、清正さんのように明るく突き抜けるように豪胆《ごうたん》でやさしく、生きたいものだ。

兵舎から柳さんたち勤労奉仕隊が出てきた。

こうも示し合わせたように遭遇すると、もしかしてストーキングしていると疑われるんじゃないだろうか。ただでさえスパイだと言われているのに、その上ストーカーと思われちゃ清正さんに申し訳が立たない。

というわけで柳さんたちが去るまで木陰でやり過ごした。

…この場合は仕方あるまい。

手には包帯など持っていた。看護もするのだろうか。

彼女たちの姿が完全に見えなくなったあと、兵舎の入り口を誰にも気づかれないようにこっそりのぞいた。

「またお前か?」

ばれた!いきなりばれた!

「ちょくちょく兵舎前にいるな。用事があるなら入って来い」

呼ばれて、おそるおそる入ると、そこには初日に見た隊員さんがいた。まだ肩に包帯を巻いているところを見ると、怪我で養生しているのだろうか。ただ、初日に比べると顔色が良い感じがする。

煙草を吸いながらこちらをジロリと睨《にら》んだ。初日に会ったときよりは幾分マシとはいえ、非常に鋭い目つきだったので、足がすくんだ。

「ほ、報道班の田中隼人です」

「田中……ああ、お前が例のスパイで少尉の弟の」

…もしかして、みんなスパイと思っているんだろうか。

「スパイなら今ここで殺してやろうか?」

突然のその言葉に緊張と恐怖で体が立ちすくむ。

「いや冗談だ」

ジョウダンニキコエマヘン。

「何の用だ。俺に取材でもしにきたのか?」

「取材というほど固いものではないのですが、お話だけでもよろしいですか?」

「…ああ。好きにしろ」

「お名前を伺っても?」

「吉留だ」

「吉留さん。出身はどちらで?」

「東京だ。何だ、出身地でも聞いて距離を縮めようという算段か?」

見透かされた。しかし、切り口がこれ以外思い浮かばない。下を向いて答える。

「…そうです」

「なんだ素直なヤツだな。見たところ若そうだが…」

いちいち嘘をつくのは、とても心が痛む。

「一六になります」

「若いな」

「その包帯は?」

「これはヴォートシコルスキーの二〇ミリでやられた。直接当たったわけではないが、跳弾した破片で肩をやられた。もうほぼ完治している。明日にでも戦える」

戦闘機の空襲で弾に直接当たらず、跳ねた破片で怪我したということだろうか。

「一緒にここに来た部隊はみんな死んだ。俺の同期や同じ隊の連中も半数以上死んだ。早く征かないと、これ以上待たせられん」

どう答えればいいか分からず、うつむく僕に吉留さんは続けた。

「…なぁお前…、俺は一人でも征くから、特攻機を用意してくれよ、時期を逃すと任務から外されるんだよ」

用意だなんて、吉留さんはそんなことが無理なのは承知で言っているんだろう。

それに、なぜそんなに死にたがるのか。

「吉留さんは仲間に対する義理で特攻するんですか?」

ガシャン!!と、足元にコップが飛んできた。

「あなどるな!!」

「…も、申し訳…ありません」

またた…。どうしてこう無遠慮に色々と聞いてしまうんだろうか…。完全な失言だった。

足元のコップのガラス片を拾う。

「早いか遅いかの違いだけだ」

やはりこの時代を生きていなかった僕には理解できないのだろうか。そう思うと、何か僕は清正さんたちとも隔《へだ》たりがあるようで悲しく思えてきた。特攻隊員どころか軍人ですらない柳さんの献身的な姿を思い出すと、なおさらだった。

「実際、俺だけが今も生きていることがたまらんのだ」

下を向いて泣きそうな顔になっていた僕に、吉留さんは気を遣ってくれたのか、さっきよりも落ち着いた口調で言う。

「分かるか?『吉留、吉留』と親や家族と同じように常に俺を可愛がってくれた隊長、地獄のような訓練にも耐え抜いて『死ぬときは一緒だぞ』と誓い合った仲間、みんな死んだんだ。俺だけ置いて、みんな死んだんだ。奴らのことを思うと、恥を忍んで生き抜いてこそ、なんて今の俺には考えられん。ただただ、もう言葉にはできん。もうこのままでは生きていられんとしか…な」

そう言うと、吉留さんは肩が痛むのか怪我をした方の肩を抑えてうつむいて、しばらく黙り込んだ。

「あ、ありがとうございます…」

僕はどうしたらいいのか分からず、聞き取れないぐらい小さなお礼とともに、足早に兵舎をあとにした。

話を聞かせてもらったのに失礼なことをしてしまったのかもしれない。それでも、僕はもうその場にいることはできなかった。そのあとしばらく歩いた先の松林で少し立ち止まり、誰もいないのを確認してから、僕は泣いてしまった。

涙の理由は分からない。ただ、西平さんの話も、吉留さんの話も、この時代の無情さにも、涙があふれ出て僕は泣いた。

5 四日目【夜〜宴会】

夜には報告しなければならないけど、気持ちの整理が必要だった。数多くないとはいえ、今まで話を聞けた内容が、僕の小さな器には収まりきらなかった。

初めてお酒が飲みたいと思った。あまりお酒自体も、お酒の席も好きではないが、今はどうしようもなく飲みたい。

そんなことを思いながら基地をトボトボ歩いていると、軍服姿の集団が門に向かって歩いているのが目に入った。その中に清正さんの姿があった。

まさか！！

気づけば清正さんのところまで駆け出していた。

「清正さん！もう征ってしまうんですか！何で黙って征くんですか！」

急に涙が出た。一気に頭の中がグチャグチャになった。これだけお世話になってるのに、僕はまだ何一つ恩を返せていないのに！それなのに、それなのに！！こんな急に黙って征くなんて…！

清正さんは口をあんぐり開けていた。他の人も目をキョトンとさせて僕を見ていた。そのままの困惑したような表情で言った。

「え？え？あ、そんなに一緒に来たかったのか…竹原隊長、いいですか？」

「え？…まぁお前の弟ということだしなあ。本当は駄目だけど、特別だ」

「いいそうだ。じゃあ…お前も…行くか？」

……。

………。

…………。

え？

そこまでは言ってないぃぃぃぃぃ！

いや、そこまでの覚悟がない！！

でも清正さんの申し出なら…。

…だけど！！

…いきなりそんなこと言われても！！！

それに、飛行機の操縦もできないし！！

ああ！また僕はこうやって何かにつけて「だけど」「しかし」「でも」ばっかり！！！！

こんなことの繰り返しだ！！

実質的に年下の柳さんだって死ぬ覚悟があるといっているのに！！

僕は何て意気地なしなんだ！！！！！

よし！！なら分かった！！覚悟を決めた！！

僕もお国のためにぃぃぃぃぃ！！お国のためにぃぃぃぃぃ！！！！！お国のぉぉぉぉぉぉぉぉぉぉ！！！！！！！！！！！！！！！！！！

……。

………。

…………。

やっぱ無理――！！！！！

あぁああああああああああああああぁあぁぁぁぁあぁあぁぁぁぁぁぁぁあぁぁああああぁああぁぁぁぁぁぁぁぁぁぁぁぁぁぁぁああああああああぁぁぁぁぁぁぁぁぁぁぁぁぁぁぁぁあああ！！！！！！！！！！

「じゃあ行こうか」

！？

超あっさり！！

もうこうなったらヤケクソだ！

元々死んだような人生だったじゃないか！

あああああああああああああああああああ！！！！！！！

精一杯の敬礼と精一杯の大声で叫ぶ。

「田中隼人！！戦闘機には乗ったことがありませんのでお役に立てるかは分かりませんが、精一杯やります！！」

夜は静寂とは言うが、風に吹かれた木々と虫の音が案外うるさい。

しかし、このときは申し合わせたように、一切の音が止んだ。

しばらくすると、清正さんは顔を真っ赤にさせて、手で目を覆う。

そして震えていた。

僕の言葉に感激したのだろうか？

「勘弁してくれ…。料亭に行くんだよ、今から…」

と言った瞬間、割れるような笑いが起こった。

「ガハハハ、軍服着てるから勘違いしちゃったのか?俺らは外出も軍服なんだよ」

「アハハハハ!君は表情がコロコロ変わって面白いな、一人百面相だ!」

「田中、貴様の弟は面白いな。よし隼人とか言ったか、お前も来なさい」

…恥ずかしさで気が遠くなりそうだ。

そうして違った意味でも思った。

消えてなくなりたい。いや、むしろ…。

自分で自分を殺したい。


僕が飲み会の席があまり好きでないのは、まずお酒があまり飲めない。飲めないのでテンションが上がらないから、盛り上がりについていけない。そして集団にあって一人孤独になる、だから苦手なのだ。

しかし…。

「ははぁ、最近噂のスパイってヤツが貴様かぁ」

「違いますよ！」

「まあ飲め飲め。上等な酒だ」

「え、ああ、すみません。上等な酒って市販の日本酒かぁ」

「お前馬鹿か、どんだけこれが上等で苦労して手に入れたもんか分かってんのか！」

「わっ、すみません！すみません！！」

「ほら、いいから返酌してから飲みな」

「ああ、はい、すみません、気が利かなくて」

　口々に色んな人から声をかけられる。

「おい田中、いや違う、弟の方だ！」

「は、はい！」

「貴様勘違いしているんじゃないか？俺たち特攻隊は懲罰のために指名されたんじゃないぞ、志願したんだ！日本人なら好むと好まざるとに関わらず、誰もが悠久の大儀のために死ぬべきなんだ！」

「…は、はぁ、存じております」

「飲みが足らんのだ、ほら飲め」

という感じで、ここでは一人になる暇がなかった。

向かった料亭は飲み屋というより、二階建ての旅館といった風貌だった。二階奥のお座敷を予約していたみたいで、一室貸切だった。竹原隊長の部隊がそろってここに来たようで、何人かは来れない人もいたけど、どうやらここにいる隊員たちは全員が特攻機に乗るらしい。

床の間を背に竹原隊長が座している。そこから一応序列順に座っているみたいで、僕は一番隅っこのほうで小さくしていたはずなのだが、近くにいた牟田《む た》中尉と芥見《け み》少尉という見た目も中身も怖そうな人たちに絡《から》まれている。いつの間にかはさまれている。挟み撃ちとはこのことだ。

牟田中尉は兵隊の鑑《かがみ》といった感じで、勇猛に突撃できる部隊に選ばれたことを光栄に思うと言っていた。芥見少尉は「会津若松出身、祖父は白虎隊だった」とみんなに自己紹介し、必死必中をもって大恩に応えるのみと言い放った。僕が今まで出会った中では、最もイメージしていた軍人に合致する人たちだった。

隊長の竹原大尉は先ほどから静かにお酒を飲んでいる。この人はひと回り大人の雰囲気だけど、実際の年も三〇に近いらしい。一見すると無口だが、清正さんいわく司令官に特例として僕を置くために便宜を図ってくれたらしい。この隊長さんにも、僕は恩があるということだ。

「しかし、竹原隊長殿はしっとりしてらっしゃいますね」

清正さんの横に避難し、小声で話しかける。

「いや、上官ってのは、ああじゃないと駄目なんだろ。俺も下っ端なんでわからんが、もし竹原隊長の気持ちを考えるとな。おしゃべりになって一人ひとりの隊員といっぱい話してしまうと、送り出せないと思うな。ましてや、そこから故郷の話なんて聞いちまうと、嫌でもそこの家族を残して死にに出してることが浮かんじまうんじゃないかなぁ。そうなると、もう命令だすのも辛いだろ」

「……」

そう聞くと言葉が出なかった。

牟田中尉と芥見少尉は、今度は別の人に絡んでいる。お酒がまわってきたのか、少し赤ら顔で芥見少尉が言う。

「ほら、堀之内も飲め」

堀之内さんという隊で最年少らしい隊員は、黙って下を向いていた。聞けば年齢は一七歳。

信じられない。

「まったくお前は、気が弱いな」

牟田中尉にそう言われると、堀之内さんは少しだけ顔を上げると小さく笑った。

しかしながら、この人たちはみんなどうして死ぬと分かっているのに、こうやって、豪快に朗らかに笑っていられるのだろうか。

考えているうちに気付けば、宴席の盛り上がりも最高潮に達し、みんな上半身裸になって肩を組んで拳を振り上げ大声で唄を唄っていた。唄の名前だけは僕も聞いたことがある。「同期の桜」。何度も何度も繰り返し唄ううちに僕も覚えさせられ、ともに声を張り上げ唄った。

貴様と俺とは　同期の桜
同じ兵学校の　庭に咲く
咲いた花なら　散るのは覚悟
みごと散りましょ　国のため

飲みなれない酒とともに、明るく楽しくも、どこか悲しい饗宴を味わった。

6 五日目【午前】

まったく眠れない。

こっちに来てから寝不足が続いたので眠りたいのだけど、お酒が抜けない。日本酒は飲み過ぎれば悪酔いするとはよく聞くけど、なるほど、とてもつらい。横になっていればそのうち眠れると思っていたが、体にアルコールが残っているうちはとても無理だった。

外に出て、一旦戻した。胃液しか出ない。ノドが焼けるようだ。そのあと、水で口を注ぎ、ノドも潤した。体が火照っているので、しばらく外に出て冷まそうとした。

まだ朝日は顔を出していない。すると、格納庫のある方角からこちらの詰め所に走ってくる日村さんが見えた。息を切らせながら僕の前に立つと、顔を真っ赤にして言った。

「おい、お前も来い！今から出撃するそうだ！お前が話していた西平中尉も入ってるぞ」

「……え？」

そのまま日村さんは詰め所に走っていった。多分、眠っている小峰さんを起こすためだろう。

頭が回らない、よく理解できない。

ふらつく足取りで、滑走路へ向かった。

滑走路ではすでに戦闘機が並べられ、メカニックが最終調整を行っているようだが、準備万端といった様子だった。

「隼人君か」

自機らしき機体を眺める西平さんが目に入った。

「お別れだね」

「こんな急に!」

「いや、急ではない。攻撃は半日前に通達されたんだ」

何だって!僕が宴会に行っている間にはもう決まっていたことなのか!

「昨晩の通達後、遺書を書いてすぐ寝ようとしたんだが、寝られなくてね。何だか色んな人に手紙を書いてしまって。先ほど知覧高校の柳さんって娘が朝も早くから来ていて、そういえば君と顔見知りだったなと思い、預けたよ」

「僕に…ですか?」

「そう。よければ彼女からもらってくれ」

そんな…。

「僕は西平さんに征って欲しくありません!」

明確な死が、そこにあるのに。そんなのは、絶対にいやだ。

メカニックが何事かと覗き込んできた。

「…困ったな」

「…すみません」

「…僕もこの特攻で日本が勝利の追い風に乗るとは思っていない」

「じゃあ、何で…」

「ここ知覧基地から敵艦ひしめく沖縄まで約六五〇キロ。飛行時間にして約二時間。これから僕はみずからの死と見つめ合う二時間余りの飛行時間を過ごす。飛び立ってから約二時間後には僕は死ぬんだ。そのときになにを思うか。きっと昨日も話した通り、僕は故郷と親兄弟、僕にとっての大切な人のことを考える。他のことは、今となっても分からない」

「………」

「だが、それらを守れるというのなら、今、僕は飛べる」

その言葉のあと、一拍置いて、西平さんは言った。

「ただ、僕はそれらを守りたいだけなんだ」

「攻撃目標は沖縄東八〇マイルの洋上、大型空母四隻を主力とする敵機動部隊である。…いまさら言うことはないが…敵戦闘機の迎撃は直掩隊が引き受ける。攻撃隊は落ち着いて突っ込め、目を閉じずに突っ込め。成功を祈る」

司令官から訓示があった。

僕はまた映画を見ているような、どこかこの現実と隔たりがあるような感覚で見ていた。

水杯といわれるものを、みんな飲んでいる。飲み干すと全員がその盃を勢いよく地面に叩きつけたあと、それぞれが握手して「靖国神社で会おう」と言い合っていた。

お別れの花…として捧げられるのだろう、桜花に埋まった飛行機に向かう西平さんと目が合った。

笑っていた。

六時三〇分、エンジンが音をたてて、隊員の方たちが機体に乗り込んでいった。隊員を乗せた機体は一機ずつ、ゆっくりゆっくりと動き出し、慎重に隊列を整えていった。

大きな爆音とともにまず一機が空に大きく舞い上がり、それに続いて、一機ずつ、飛び立った先の上空で編隊を組み直した隊員の方たちは、僕らの上空を大きく一周して最期の別れをすると、南に向かって飛んでいった。

西平さんの機体もブレることなくまっすぐに、そうして最期に、みんなとともに名残を惜しむように開聞岳をグルリと一周して、沖縄へと向かっていった。

やがて、その姿は見えなくなっていった。

機体から舞い散った桜の花びらだけが落ちていた。

兵隊さんたちは、敬礼しながら機体を見送っていた。勤労奉仕隊の女性たちや隊員の関係者らしき人たちも来ており、何百人もの人たちが声を枯らして別れを叫び、千切れるぐらいに手を振って、何人かの人たちは耐え切れずに走り出し、残った人も機体が見えなくなってもずっと、ずっとハンカチを振っていた。

みんな、最後まで見送った。

しばらくすると嗚咽《おえつ》を抑えきれなくなった人、兵舎へ戻る人、次の作戦の打ち合わせのために去っていく人がいた。

僕はいつまでも動けず、ぼんやりと考えていた。

日の出とともに最後の基地を飛び去っていった西平さん。気付けば僕の隣では残っている人が南へ向かって黙とうを捧げていた。その中に小峰さんたちもいた。

西平さんが敵艦船に突入したのは午前九時だったそうだ。
戦果は教えてもらえなかった。

7 五日目［午後］

午後、僕は小峰さんと日村さんとフカシ芋を食べていた。

何だか味がよくわからない。フカシ芋は隊員さんのあまりだったらしく知覧高校の女性たちが分けてくれた。柳さんがいなかったので聞いてみると、どうやら例の三角兵舎でお給仕しているらしい。

急いで芋を飲み込んで、足元がまだ覚束《おぼつか》ないが、構わず駆け出した。松林で体を引っかくが、気にしなかった。

三角兵舎の中に入る。吉留さんの姿がなかった。隊員の姿はなく、柳さんたちが、シーツの交換や掃除などをしていた。

「手紙は!?」

「キャッ!」

思わず詰め寄ってまた驚かせてしまった。

「もう、あなたはいつも!」

「すみません！でも、手紙を預かっていると聞いたので！」
「…こちらです」
「ありがとうございます」
差し出された手紙を受け取り、急いで兵舎を出た。
林の中、誰にも見られない場所で手紙を読んだ。

西平の手紙

田中　隼人　殿

夜が更けて、見上げた夜空の静寂に一瞬の稲光。あとの闇夜に白い月が大きく浮かぶ、不思議な空模様。

遺書を書いて、家族にそれぞれにも手紙を残して、筆が乗ってきたので、君にも書くことに致しました。

君と故郷の話しをしたことは、私にとって大変励みとなり、嬉しくもありました。

以前、岐阜の桜のことを少し話したと思います。中でも根尾谷の淡墨桜。あの桜は雄略天皇の時代からあり、伝承によれば樹齢千数百年らしいのです。

しかしここ数十年の間に非常に衰弱していると聞きました。大雪のため、幹に亀裂が走り、どんどん弱っているようです。このまま枯れてしまうのではないかと危惧《きぐ》されています。

でも、きっと復活するでしょう。

この戦争が終われば、生き残った者が一生懸命、桜を生かしてくれることでしょう。私はそれを信じて止みません。

五百年後、千年後に、身を持って体当たりした若者がいた。この事実がある限り日本民族は滅びることはない。これは将校殿からお聞きしたことです。

故郷あっての国ですが、国あっての故郷でもあります。その礎となるためなら、命惜しかれど、私は生還を望みません。

嘆かず、君は生きてください。

寂莫《せきばく》の感も愛惜《あいせき》の情も今はありません。

見上げると、今も星空が綺麗です。

爆撃から発せられる百何十度という熱風に全身が紅蓮の炎に包まれたような錯覚に陥る日々もありました。氷片の浮かぶ河を腰までつかって渡り、その水の冷たさに四肢が引きちぎれるような思いもしました。思い返せば、地獄のような日々でした。

しかし、それももうおしまいです。

この季節、きっと我が故郷には温かい陽の光が燦々《さんさん》と降り注ぎ、柔らかな春風が爽やかに頬を掠《かす》め、満開に咲き誇る桜の花道で恋人は二人永遠を夢見て寄り添い歩き、たくさんの人の心を自然と明るく、やさしくさせる風景が広がっていることでしょう。いつの日か絹代と肩を並べて見た故郷の桜の花の美しき風情、春日ののどかな気分に自らの心をいっぱい満たし、私は大空に飛び立ちます。

そんなことを言っていると、星空に絹代の顔が思い浮かびました。

君にこんなことを言っても仕方ないのかもしれません。しかし、高ぶる気持ちをこのまま記すことをお許しください。

私が死ねば絹代は他の誰かと過ごすことになるのだろうか…。

彼女の幸せを願いながら、それでも出来ることなら、出来ることなら!生涯自分の妻でいてほしかった!生涯!

この気持ちは私の我ままなのかなあ。

最期に失礼。星空に叶わぬ思いを打ち明けました。

有難う。
有難う。
有難う。

西平　勝次

⑧ 五日目［午後］

膝をついて、嗚咽が出るのを抑えられなかった。

昨日まで煙草を燻《くゆ》らせながら、ゆったりと故郷のこと、家族のこと、許嫁の絹代さんのことを喋《しゃべ》ってくれた西平さんがここにいたのに。

今日の朝には死んでしまった。なぜ笑っていたのか。

この事実が僕の中で受け止められないでいた。なのに、涙だけは止まらなかった。

罪もない生きるべき人が死に、愛し合って結ばれるべき二人が結ばれない。

どうしてこんなにも不幸な時代なのか。

手紙のインクが滲《にじ》むのをお構いなしに、僕は手紙に顔を擦《こす》りつけた。

パキ、と小枝が折れる音がした。見ると、柳さんがそこに立っていた。

顔が涙と鼻水でグチャグチャになっているので、僕はすぐ下を向いた。

「こんなの…あんまりですよ」

「私がここにご奉公に来てから、担当となった特攻隊の方々が三回入れ替わるのを見てきました」

三回も…。

といういうことは、もう何人もの人が帰らなくなるのを体験しているんだろうか。

ここに来る特攻隊員全員は、必ず死んでしまうんだ。

「なぜあんな若くておやさしい方々が、立派な方々が、と見送るたびにいつも思います」

こんなの、僕には耐えられない…。

「それでも、私たちは一生懸命お給仕しながら、無事敵艦に体当たりなさって立派に御大任をお果たしにならんことをお祈りするのみです」

「なんで…そんなに強いんですか」

「私が強い?何を言っているのですか、強いのは特攻隊員の方たちでしょう」

それはそうだが、僕が知りたいのは柳さんみたいなまだ一六歳の女の子が、どうしてそうまで覚悟があるのだろうか。以前話したときも、今のこの毅然《きぜん》とした態度も…。

「もしかして田中さん、外地からいらっしゃった?」

以前も言われたことで、やはり分かるものなんだろうか。

「出身は埼玉ですが、似たようなものです」

「私はこの戦争で兄を亡くしました」

「……」

「両親を亡くした人、兄弟を亡くした人、息子を亡くした人、恋人を亡くした人、いっぱいいます。それは日本に限ったことでもありません」

改めて思う。戦争…なんだ、これは。

「だからこそ、もう私たちは勝つしかないのです」

!?

「そこがどうしても、僕には理解できない」

「そこ、とは?」

「勝つまで、最後の一人になっても戦うんですか?」

「以前申し上げたとおり、私はそのつもりです」

…やはりわからない。

しかし、ふと見た柳さんは涙を流していた。震えるほどに拳をグッと握りしめ、涙を流しながらも怒りに近い感情を込めた強い目で、まっすぐに僕の目を見つめていた。そりゃそうだ。いくら強いと言っても一六歳。まだ一六歳なんだ。それなのに…。どうしてこんな思いをしなければいけないのか?どうしてこんな辛いことを経験しなければいけないのか?分からない。怒りなのか、悲しみなのか、よく分からない赤黒い嫌な感情だけが僕のお腹の中でうごめいていた。

「あなたみたいに考える人もいましたよ。自由主義者っていうのですか？難しいことはよく分かりませんが、別に非難はしません。私だってイヤです、戦争は。けど、事実として大切な人たちが死んでいるんです！その中で命をかけて今も戦っている人たちがいるんです！！人としてできることをするのは当たり前じゃないんですか！！」

途中から感情が抑えられなくなって叫ぶように話す柳さんは、これまでの毅然とした姿と違って、初めて一六歳の少女の顔に見えた。

「ようやく柳さんの本音が聞けてよかったです。そうですよね、戦争なんて…。こんなに悲しいのに。こんなに辛いのに」

「でも…」

バシィッ！！

柳さんが言葉を出す前に、頬に衝撃を感じた。思わず体が地面に倒れる。ジンジンと頬が痛む。

昨日一緒にお酒を飲んだ、牟田中尉が凄い形相でそこにいた。僕は牟田中尉に思い切り殴られたみたいだ。

「貴様はまだそんなことを言っておるのか！」

肩を怒らせ、憤怒の形相をしている。確かに殴られてもしょうがないことを言っている自覚がある。けど、言葉に出さずにはいられなかった。こうして僕を殴る牟田さんも、いつい なくなってしまうか分からないんだ。そう思うと、殴られた痛みも加わってまた涙が出た。

僕を見て牟田さんも気が抜けたらしい。それでも僕の胸倉をつかんで引き起こし、強い口調で言った。

「みんなが戦っているんだよ！しかも、日本人が大量に死んでしまってるんだ。それを指を咥《くわ》えてみているのか？」

「…これ以上、犠牲者を出すことに意味はあるのですか？」

「意味など何年後か、何十年後かに分かることだ」

「今、生きているあなた方も同じく大事じゃないですか！」

「俺だって無駄死にはごめんだ。ただでは死なん。敵艦を沈めるのだ。俺も明日には必ず沈める」

「え！？」

牟田さんは一瞬しまった、という顔をしたが、言葉を続けた。

「貴様も昨日会った堀之内。齢一七にも関わらず、あれも男だ。情けないように見えるが、立派に死ぬだろう」

堀之内さん…、宴会でいた、大人しく穏やかな人。あんな人も特攻で死ぬことを定められてしまったんだ。

「そんなものは無駄死にの強制じゃないですか!」

再び腹を立てたのか、僕はまた引っ叩かれた。

「馬鹿が、言葉を慎め!!貴様!!それは先に死んでいった者をも侮辱しているぞ!!」

そういって牟田中尉は唇を震わせた。

「名誉の志願と言っただろうが。それに形式的志願だろうが命令だろうが、俺たちは軍人だ。結果を求めるのならばどうでもいいことだ」

普段は反論も口答えもしないのだが、このときの僕は言葉が止まらなかった。

「そんなの、嫌がる人を無理矢理飛行機の中に押し入れているのと同じだ!」

中々承諾も黙りもしない僕を見て、牟田中尉はやや呆れかえった様子だった。

「また貴様は…」と、嘆息を一つ吐いてから言った。

「本当に嫌なら、拒否はできる。みんなが国のために団結しているとき、そいつは一人逃げ出せばいい。逃げ出して一人、檻の中で安全に避難していればいい。ただ、俺はそいつを軽蔑する」

そういうことを言っているんじゃない！！

「俺たち特攻隊員は航空機の一つの器械となる。そこには人間としての感情はない。ただ敵艦に向かっていくだけだ。人間として死のうが、器械として死のうが、それは個々人勝手に決めればいい。ただただそこには戦果と栄光があり、胸を張って靖国に行くだけだ」

…もう…分からない…。

僕はもう何も言えなかった。

でも

怖いだろう。

恐ろしいだろう。

明日には明確な死が待っているんだ。

堀之内さんは一七歳…。柳さんは一六歳…。実際の僕の年齢より三つも四つも下なんだ。

まだ成人もしてないのに死の恐怖と戦って。

僕が沈黙したのが承服したと見たのか、あまり時間がないのかはわからないが、牟田中尉はこの場を切り上げた。

「明日のことは誰にも言うな、これは作戦で守秘義務がある」

「…はい」

湿気がますますひどくなって、牟田中尉を覆い隠すような感覚に襲われた。

彼と僕の間に空間ができて、僕が手を伸ばしても届かない。

あの人たちの心は、あの人たちだけにしか分からないのだろうか。

牟田さんは行ってしまった。

柳さんは、へたりこむ僕を黙って見ていた。

⑨ 五日目［夜］

一旦、詰め所に戻るが、小峰さんも日村さんも二人ともいなかった。

一人、西平さんの手紙を読み返しながら、ふと気づいた。

…まてまて。よくよく考えろ。

牟田さんが征くということは、竹原隊長の部隊が出撃するということだ。となれば、昨日宴会で会った人は全員！

清正さんも！

もう引き止めるなんてできない。ただ、ただ、会って話がしたかった。

何度か行き来した松の林に、あの人がいるはずの三角兵舎に、全力で走った。

走りながら僕は場違いなことを思っていた。

そういえば、全力で走ったのっていつ以来だろうか。

高校のときのマラソンはズル休みした。中学のときのマラソンは、どうせ足が遅いんだからとダラダラ走っていた。小学生のときはどうだったか、思い出せない。

突っ込むように兵舎の入り口に入った。

「清正さん！」

「おわっ！なんだ！！…隼人か！」

「お前、敵襲かと思ったじゃねえか、おどかすな！」

兵舎には清正さんと吉留さん二人がいた。

「すみません、でも、明日征くんですよね！」

「…聞いたのか。しかし俺はわからん」

「え？でも、竹原隊長の部隊は明日…」

「俺の乗る予定だった機体が試験飛行で油が漏れてな。代わりの機体がないので、直るまで待機だ」

…喜んでいいのかどうか…。

「俺は怪我が治ったから、準備でき次第、明日にでも征ける」

吉留さんはそういったあと、「ようやくだ」とつぶやいた。

「今日はもう、帰りなさい」

何だか二人とも、まとっている雰囲気が変わっていた。

想像してみる。

いざ明日と覚悟を決めたが特攻が延期になってしまう清正さん。

怪我をして同じ部隊の人に取り残されたが、特攻できる状態になった吉留さん。

僕は、祈ってあげることしかできないのか…。

祈る…?何を…?

もう何もかもが分からない。

10 五日目［深夜］

「俺は、記録するという言い訳を得て、自分をごまかしている」

詰め所に戻ると、日村さんが帰っていた。

今日あったことを話すと、日村さんはそう切り出した。

「特攻隊の勇姿を伝える。国内の士気を上げる。後世に特攻隊の姿を伝える。もちろん大事なことだ。俺は色々な場所に行った。あらゆるモノを見てきた。しかし、いまだかつて、昨日話していた人が、明日には、いなくなる状況が続いていく、なんて、無かった」

日村さんはそう言うと、今にも泣き出しそうな顔になっていた。いや、実際に泣いていたのかもしれない。言葉が途切れ途切れになっていた。

「礎、という言葉知っているか？」

……いしずえ。

「国の礎になるとか、土台の石の礎石《そ》とかに使われる？」

「そう、それだよ。基礎の礎でもある。多くの隊員さんが、自分が礎であると言うんだ。俺よりも、一回りも若い人が。何で、年上の俺が、彼らの上に立っているんだと思うと、恥ずかしくてしょうがない」

それを言うなら、僕など何も知らず死んだように生きていたから、もっと恥知らずだ。

「細かく分けると、楚という字はバラバラに離れた木の枝のことらしい。そこから離ればなれっていう意味になって、それが石とくっつくと、離ればなれに置いた石、その上に柱を立てる。それが礎のようだ。そこから物事の根本を意味するらしい」

少し早口で言われたので、僕は半分ぐらいしか意味が分からなかった。日村さんは続けた。

「国体は国民あってのもの。柱そのもの。それがバタバタ死んでいくなんて、おかしいじゃないか。未来は、この方たちの屍の上に成り立っている。そうでもしなきゃ維持できない国なら、いっそいらないんじゃないか。…なんて一時は思っていたこともあった」

「……」

「でも今は思う。もし今降伏なんてしたら、それこそ死んでいった人たちに申し訳が立たない。だからあとには引けないんだ。国とは人であり家族であり故郷であるらしい。…ちょっと難しいかな」

「…はい。全部は分かりませんでした」

「まあ俺も整理し切れてないんだよ、考えも感情も。どんどん出撃していく若い人がいることを、理由をつけて納得しようとするからわけがわからなくなるのかもしれない」

「……」

「でも、死んでいった隊員さんたちは絶対に非難できない。そうだろう?」

「…はい」

「俺は理不尽な光景を、自分の役割を演じることで、正気を保っている」

自分の役割…。

「君はどうだ?」

何ひとつ、答えが見つからない。

「僕には…分かりません…」

「…そうか…」

11 六日目【早朝】

翌朝。

竹原隊が出撃する。小峰さん、日村さんとともに、見送りに来た。

西平さんの時と同じように国防婦人会といわれる女性たち、女学生さん、他にも町の人たちが飛行場入口に大挙してつめかけていた。何人かの女学生の方が花束を隊員の方に渡していた。

竹原隊長、芥見さん、堀之内さん。

…牟田中尉。

こんなにも知っている人が征ってしまう。

飛行場の青草の上に置かれたテーブルを囲んで、水杯を交わしている。あの杯の中身はお酒かと思っていたが、文字通り水らしく、魂を清浄する意味があるらしい。

隊員の方たちは飲み干した盃を、この世に別れを告げるように思いきり地面に叩きつけると、竹原隊長の「征くぞ!」という掛け声とともに、牟田中尉始め全員が勢いよく飛行機に乗りこんでいった。

その時の彼らの表情、眼差し、その姿、形、仕草、一つ一つすべてが颯爽としていて凛々しくて、とてつもなく格好良かった。こんなことを思うのは不謹慎なのかもしれない。本来思うべきことではないのかもしれない。それでも、僕は格好良いと思ってしまった。

僕ら現代に生きている人間は簡単に「命をかけても」とか「生涯をかけても」という言葉を口にする。けど、真に命をかける、とはこういうことなんだ。今の彼らからは男らしさや頼りがい、強さ、やさしさ、愛、そういった男としての魅力がすべての細胞の内側から爆発するように溢れ出ていて、光となって彼らを包んでいるように思えてならない。

遠くで見ていた僕と、牟田中尉の目が合ったような気がした。

笑顔で僕を見ていた。

西平さんと同じく、また笑顔だった。

なぜだ?

牟田中尉はこちらに向け、親指を立てた。

どうして僕に?

それからすぐに隊長の合図で出撃していった。

気が弱いと言われていた一七歳、堀之内さんの機体も、南に向けてまっすぐ飛んでいった。

12

六日目［午前］

出撃後、南に向って黙祷をささげていた。

もう体当たりしただろうか、それともまだ南に向けて飛行している最中であろうか。

……。

………。

…………。

それから一人になってもずっと開門岳を見ていた。

開聞岳は朝には全体の姿を見せていたが、徐々に姿がぼやけてきた。空を見ると曇り模様になっている。足音がしたのでそちらを見ると、小峰さんがいた。

「今朝の部隊は…全機、迎撃されたそうだ」

全機、迎撃？

まさか、迎撃というのは、撃ち落とされたということか？

牟田中尉も？あの、牟田中尉の機体も？

「なんだ…よ…それ…。何の…ための…死…なんだよ…」

「それと、今晩には田中少尉も出撃されるそうだ」

「えっ!!?」

何もかもが一度に来て頭がおかしくなりそうだ。

小峰さんは「うっ…」と言って手で顔を覆った。

僕は清正さんを探そうと思った。

兵舎に走るが、中は誰もいなかった。夜に出撃ということは飛行機整備で格納庫にいるのか? 打ち合わせで指揮所にいるのか?

どこだ!

格納庫に走る。

いた!

整備兵と一緒に、清正さんと吉留さんが何か話していた。近づこうとすると、別の整備の人に格納庫から追い出された。

はやる気持ちを抑えながら息を整え、話が終わるのを待った。

遠めにあの人たちを見ながらも、今晩は死んでしまうと思うと…。

吉留さん。

この基地で、清正さん以外で一番初めに会った特攻隊員。

初め兵舎で仲間が先に征ってしまって、怪我の療養をしていた。

その時は恐ろしいぐらい怖い顔つきをしていたけど、何回目か兵舎に行っているうちに、少しずつ話をしてくれるようになった。

今は、ようやく出撃できると喜んでいるのだろうか。

清正さん。

清正さん。

何よりもお世話になった清正さん。

豪快で、親切で、面倒見がよくて、何よりこんな僕にやさしくしてくれた。初めてだった。

こんなにも人にやさしくしてもらえたのは。人生で初めてだったから。

清正さん。

死んで欲しくない。

でも出撃を止めるのか?

違う、そうじゃない。

それよりも。

僕はまだ何も伝えていないじゃないか。

ありったけの感謝を。

整備の人に「少尉が呼んでるよ」と言われ、中に連れて行かれた。僕の存在に気づいていたのか。

「すまんすまん、待たせたな」

「すごい顔をしてるな、大丈夫か、貴様？」

清正さんと吉留さんが、戦闘機の前で腰を下ろしていた。

二人とも、意外にも吉留さんも静かに微笑んで僕を見た。吉留さんは初めて会ったときとは打って変わってすっきりした穏やかな顔をしている。

「こいつが俺の乗る機体だ」

そういって清正さんは目の前の戦闘機を指差した。

「九七式戦闘機、ボロに見えるが操縦が比較的簡単でな。本当は隼がよかったんだが、隼人と同じ漢字だろ、一緒に征けるみたいでな…いや、死ぬのは俺たちだけでいい。この機体でよかったんだ」

清正さんは機体に片手を添えて何か呟いていた。そして、急にこちらの方を見た。

「手紙を預かったよ、君に」

「数日しかいないのに、会う人会う人に可愛がられていたな、お前」

「え、誰からですか?」

「牟田中尉からだ。俺も頼まれたときは驚いたんだ」

牟田中尉?僕に?

神妙な顔になり、手紙を僕の手に握らせた。握る手が激しく揺れた。

「確かに渡した」

打ち合わせがあるらしいのか、気を遣ったのか、二人は忙しそうに格納庫から出て行った。

牟田中尉という人が、特攻隊員という存在が、まるで分からなくなっていた。

この手にある手紙が、僕には恐ろしかった。

僕は少し離れた木陰に隠れ、震えの止まらない手で手紙を開けた。

牟田の手紙

田中　隼人　殿

私が君に手紙を残すことに驚いたでしょうか？私自身、君に手紙を書こうと思った自分に驚きました。

なんとも、君を見ていると心配になるのです。

最初は洒落た一句を読もうか、美文調に書いてやろうかと思ったのですが、君のみに遺す手紙なので、実直な気持ちを記すこととしました。

君は命を無駄にすべきではないとあのときに話しました。

軍人牟田茂としてではなく、個人牟田茂として私の本音を申し上げますと、それは全くの同意です。

我々とて人であります。血に飢えた獣でも、器械でも本来ありません。

軍隊生活の中では、感情が無くなってしまうのではないかと思うような激烈な出来事ばかりでした。

今日のこの日まで毎日のように、罪もない人々が胸を撃ち抜かれ、頭を打ち割られ無惨に死んでいく光景や、つい先刻まで傍《かたわ》らで笑顔を見せてくれていた同志が一瞬のあとに亡き骸と化していく光景を何度も目の当たりにしてきました。生きたまま敵兵の心臓を銃剣で突き刺したことも何度もありました。

いちいち反応をしていると、頭が狂ってしまいそうになることばかりでした。現実にそうなってしまった兵隊も数知れず。

これ以上の苦しみを断つ為とはいえ、爆撃で四肢が吹き飛び、頭蓋骨が割れて鮮血にまみれて苦しむ同志の命を断ったことも一度ではありません。

そんな地獄のような日々の中で、何事も物事を恐れない代わりに、何物にも反応しないような、まるで自らが人ではなく、心根までもが器械に取って代わってしまったかのような錯覚に悩まされることもしばしばです。

ただ、それでも私たちはやはり人なのであります。

感情がほのかな血の温かみと共に私たちの身体中を脈々と流れ、確かに生きています。

その感情が私に語りかけるのです。

今日まで散っていったすべての命の為に。

そう語りかけるのです。

そう思えば、私たちは戦わずして逃げることは出来ないのです。

死んでいった同志たちを土に埋めた最期の刻《とき》を思い返すと、私と同じように故郷に帰ると、大切な家族も、愛する人もいたはずの本来は罪無き敵兵の心臓を銃剣で突き刺したその感触を思い返すと、自分だけがのうのうとこのまま生き恥を曝し生きていくことなど出来ないのです。

だからこそ此度のことは、我々にとっては無駄ではない。

どの隊員もそう信じているものであります。

そう思いたいのです。

日本男児たる者、すべからく桜のように散れ、とは言いません。

死は或は泰山より重く、或は鴻毛より軽しといいます。

大義に適っていると思えば、時機を逸してはならないと私は考えます。

正直に言えば、私もこの書く手が震えることがあります。

兵隊とは如何に感情を無きものとし、人を人とも思わぬものとして生き、苦しみを苦しみと思わず、痛みを痛みと思わず、護国の鬼となり、器械の如く、ただ与えられた命令に忠実に敵の命を奪うかということはもう知り尽くしてはいます。

ただ、いくらこの国の礎になる誉れ高き作戦と分かっているとはいえ。

ただ、あとに靖国神社で会えるとはいえ、恐怖で手が震えるのです。

私自身、自分は勇猛だと思っていたのですが、まだまだのようです。

死を目前にして、形見を遺すことに関しては、私も迷いました。

見れば家族は私を思い出し、いつまでも悲しんでしまうのではないか。

しかし、人の死を受け入れ、前に進む勇気をくれるのもまた形見というものであると思います。なれば、と思い、私は家族に形見を、そして君にこの手紙を遺すことにしました。

田中少尉の弟の君。

君を見ていると、満州に出兵している弟を思い出してしまいます。

ついつい君に構いたくなってしまいますが、同時に故郷と家族を嫌でも思い出してしまいます。

だから手紙を書かずにはいられなかったのです。

我々は今日まで軍隊に入って地獄のような毎日を送ってきました。

この作戦で、我々のそれが報いられるのです。

日本人なら好むと好まざるとに関わらず、誰もが悠久の大儀のために死ぬべきであると私は言いました。

しかし、君は生きてください。
君たちの為に、我々は喜んで礎となりましょう。
そしてどうかこの不幸な時代が、私たちの死とともに終わりますように。
それでは、お元気で。さらば永遠に。

牟田　茂

13

六日目［午後］

「礎」

何度も何度も、手紙が擦り切れるぐらい読み返した。

ようやく僕は手の震えが治まった。

僕はまだ伝えていない。

最後にありったけの感謝を。

これが避けられない現実ならば。

吉留さんが一人、格納庫に戻っていくのが見えた。

僕は木陰から飛び出した。

「吉留さん！」

「うおっ！最後の最後までおどかしてくれるな、貴様はゲリラか」

最後。

「ありがとうございました！今まで、短い間でしたが、話が聞けて…」

「いや、こちらこそ、だ。いつぞやは当り散らして悪かったな。俺も色々と気持ちの整理ができた」

「は…はい!」

僕がそう言うと、吉留さんはまっすぐに僕の目を見つめて言った。

これからも生きていく君よ、
田中少尉の弟の隼人君よ。
つまらんことでは死なんでくれ。
未来にまで生きて、俺たちのことを覚えていて欲しい。
美化はしなくてもいい。
でも、けなしもしないで欲しい。
ただ我々がいたということだけを胸に刻んでくれれば、
それで俺は本望。
君は君のなすべきことをなせ。

そう言い残すと、吉留さんは格納庫に入っていった。

…さようなら。

そのあとゾロゾロと別の隊員さんたちが格納庫に集まっている。

……。

………。

…………。

清正さんはまだ現れない…。隊員さんはみんな格納庫でやるべきことを終えたのだろうか、中から出てきて兵舎方面に向っている。

最後の荷物整理をするのか？そのうちの一人に聞けば、まだ清正さんは格納庫に来ていないらしい。

……。

………。

…………。

まだ来ないのか！

このまま征ってしまうなんて、なしだ！

まだかまだかとヤキモキしていると、ようやく清正さんがやってきた。

「清正さん!清正さん!」

「どわっ!隼人か!」

「遅かったじゃないですか、何してたんですか!」

「いやな…前日に兵舎の整理も終えたし、すべて済ませておいたので、本当はここの機体の前で出発まで待とうと思ってたんだよ。しかし俺に速達が来たらしくてな…こんなときに何事だと思って、戻って手紙を受け取るとな」

そう言うと、次の言葉を選ぶかのように少し間を置く。

「俺に、子どもができたらしい」

?

「え?なんですか?」

「いや……まあ気持ちは分かるがな。子どもができたんだよ、八重子に。今、身重になっているらしい」

え…?

「この前帰ったとき…、うん、まぁ…そのときかなぁ…。うん、うん…」

！？

「お、お、おめでとうございます！」

もう自分でもパニックになっていて、これしか言葉が思い浮かばなかった。清正さんは、きっと僕以上に混乱しているだろう。

だけど…

「最高なことじゃないか！今日もここ知覧は、風が気持ちいい！」

少し困惑気味に見えた清正さんは突然顔を上げると、空にそう言い放った。

晴れやかな顔をしていた。

僕が出会った中で一番の。

笑って僕に言った。

「俺はこの上なく幸せ者だ！これで安心して飛べる」

…そうか、少しわかった気がする。

清正さんは、礎となる確かな実感を得ることができたんだ。

ならば、僕は、僕に今できることを。

「清正さん、家族のように僕に接してくれた清正さん。僕も最後に言葉を」

どうしようもない男だったこと。

死にたいと思っていたこと。

ここにきてからのこと。

そして感謝。

唇が震えて、言葉が上手く出ないけど。

伝える、僕は精一杯。


「そして僕は気づきました。あなたの、あなたたちのおかげで」

「何に気づいた?」

「つながりの中で生きていると気づきました。上の世代の人たちの土台で生かされていることに気づきました。そして、自分も下の人に土台を作らなければならない。だから生きなければならない、精一杯、必死に、カッコ悪くても」

「上等じゃないか、それだけ言えれば。心配事がなくなったよ」

清正さんはニッコリと満面の笑みを浮かべて、僕の頭をゆっくりと撫でた。その時の表情は目が眩むほどに輝いていて、温かくて、やさしくて、それでもその少し開かれた口から次に発せられるであろう言葉を聞いてしまうと、どこかに消えてしまいそうで…。その言葉を聞きたくないという思いと、一言も聞き逃せないという思いの狭間、僕の目から涙が溢れてきた。

この知らせを聞いて、お前に会って、今確信したよ。
俺が飛ぶ理由。
お前がいるじゃないか。
幼くて、
おっちょこちょいで、
どうしようもない、
でもほおっておけなくて、
愛らしいお前が。
そして新しい命、わが子
顔もまだ見ぬ、俺の子

「見方を変えればわかるはずだ。お前はたくさんの愛に囲まれて今を生きているんだ。生きることなんて戦いと苦難の連続だ。俺の時代も、お前の時代も、それは変わらないはずだ。ただ、そこに立っている礎にはたくさんの愛があったはずだ。だから…」

清正さんはそう言うと、一度僕を強く抱きしめ、僕の耳元で小さくとも強く、はっきりとした口調で言った。

「お前たちは俺たちの未来だ。だから俺たちは飛ぶんだ」

またあの時と同じ、映画のワンシーンを見ているように、僕の目の前で粛々と出撃に向けて準備が進んでいく。ただ、呼吸だけが浅い。女学生から手渡される花束、桜の花で埋められた機体、勢いよく叩き割られる盃…。

機体が次々に出発線に停まった。

最後に、僕たち報道班や他の人々は、滑走路の脇に立って見送る。

機体に向かう吉留さんが僕に親指を立てる。

僕も精一杯手を振って返答する。

そして…
清正さん。
僕の前に立ち止まって…言った…。

ありがとう
俺は幸運なことに、新たな未来の可能性を手紙で知った
そして君という未来もあった
俺はこの目で見た
だから俺は安心して征ける
では、征ってくる

隊長機を先頭に特攻機は滑走路を走り出す。
追いかけるように走りながら手を振って声の限りに別れを叫ぶ人。転んで地面にうずくまって涙を流す人。二歩、三歩…ふらつくように歩んだうちにやがて地面に膝をついて倒れ込む人。

僕はその場を動けなかった。目の奥に、心の奥に、この体のど真ん中に、今この光景を刻み込みたかった。一生忘れることのないように、生涯消えることのないように。

ただ、呼吸だけができない。まばたきもできないほどに目は開き、全身が極限まで強張り震えだし、歯が砕け散りそうなぐらい奥歯に力が加わり、血が滲むほどに拳を握りしめた。

真っ赤な感情が燃え上がるように全身を駆け巡り、心が血を流して叫んでいた。

清正さんっ…!清正さんっ!!

清正さんの機体が僕の前を通り過ぎていこうとしたその時、「隼人ーー!!!!!!!!!!!!」と清正さんが叫んだ声が聞こえた。確かに聞こえた。

見ると、こっちに向かって鉢巻き姿で笑顔で敬礼をしてくれている清正さんの姿が目に入った。確かに目に入った。その口元が動いた。

「い」、「き」、「ろ」、と。

「清正さんっ!!清正さんっっ!!あ、あ、あ!あっ!あ、ありがとうございます!!ありがとうございましたっ!!!ありがとうございましたーーー!!!!!!」

叫びながら思わず駆け出してしまった。追いつくわけもないってわかっているのに。追いついたところでなにができるというわけでもないのに…。

清正さんの機体は振り切るように速度を速めて、空に舞い上がった。僕はそのままつまづいて勢いよく転んでしまった。地面にうずくまりながら顔だけを上げて最後に見た清正さんの機体は、一度僕らの上空をまわり、そのまま機首を開聞岳に向けぐるりと一周して、南の海の彼方へ消えていった。

ありがとう。

さようなら…。

14

六日目【晩】

機体が見えなくなって、次第にあたりは暗くなっていった。

清正さんが征ってしまったという現実の悲しみ。

今ある自分は、清正さんたち彼らの命の上に立たせてもらっているという確かな感覚。色々な感情が僕の中でうねっていた。

急に膝に力が入らなくなって、その場でへたり込んだ。

人の足音が耳に入ってきて、見ると柳さんがこちらに近づいてきていた。

へたり込んだ僕の頭を、柳さんはやさしく包んだ。

温かい胸のふくらみが、僕の涙線を崩した。

「ぐ、う、ううう、うわあああぁぁあああ!うわあああぁぁぁあああ!うわああああぁぁぁあああ!!」

「泣かないで…」

柳さんの目からも水滴が落ちて、僕の涙と共に地面を濡らした。

……。

………。

…………。

散々泣いたあと、僕は立ち上がった。

悲しい…けど…

立ち上がるんだ。

「…あと、田中少尉から手紙を預かったの。出発直前に。郵便屋さんみたいね、私」

手紙?

直接渡してくれればいいのに……。

柳さんは両手で僕の手に乗せてくれた。

元いた世界では手紙なんてダイレクトメールぐらいしかもらうことがなかった。年賀状すら届かなかったんだ。

それが数日で、こんな大切な手紙を三通ももらってしまった。

「それじゃ、私は帰ります」

お礼を言ってから、僕は柳さんが帰っていく後ろ姿を見送った。

まだしばらく僕はここにいたかった。
しっかりと清正さんや飛び立っていった先輩たちの姿が目に焼きつくまで。
……。
………。
…………。
もう日付が変わるのではないだろうか。
心もようやく静まってきたので、詰め所に戻ろうとした。
そのとき、ふと上空に何か飛んでいるのを発見した。
次第に耳に飛行音が聞こえてきた。
また新しい機体が届いたのかな？と思った瞬間、けたたましくサイレンが鳴り響いた。
耳をつんざくようなその音は、ただ事ではないと悟らせた。
なんだ、これは!?
もしかして、空襲警報というやつだろうか？
だとしたら遅すぎじゃないか。
だって、もう機体は目と鼻の先じゃないか。

まずいまずいまずい！

まだ僕は死ねないんだ！

約束したんだ！！生きなきゃいけないんだ！！！！

一番近い林に駆けて急いで伏せた。

チラリと機体のほうを見ると、爆弾らしきものが投下されるのが見えた。

15 最終章 ［現代へ］

……。

………。

…………。

ドンッと音がしたあと、強烈なフラッシュが僕の視界を満たした。

四方八方から熱と冷気とがごちゃ混ぜになった温度を感じた。感覚が狂った。体がグニャっと揺れて、身体の一点だけ吸い込まれるような感覚や紐になってビヨンビヨンと振動する感覚に襲われた。

最後に耳を突いたのはバンッ！！という音だった。

え？

死んだ？直撃した？

待て待て待て！！！

僕はまだなすべきことを何もなしていない！

僕は、僕の戦う場所で死ぬんだ！

「こんなところで死んでたまるか！」

「うわっ！」

？？？

何だ、人の声？

確認しようと目を開けようとするが、マブタに抵抗があった。

くそっ、またか！

「ちょっと、大丈夫ですか？」

無理して目をこじ開けると、そこには男の人が見えた。

周りを見渡す。辺りには僕をジロジロと見つめながら足早に歩いていく人たちが見えた。

ここは、駅の…ホーム？

ということは、この人は駅員さん？

…帰ってきたのか？

死んでいないのか？

「ここは？」

「駅のホームですよ。あなたが急に倒れて、危うく転落するところだったんですよ」

「転落…したはずじゃ？」

「覚えてないですか？目撃情報では電車に触れる直前に奇跡的に鳩か何かの鳥にぶつかって、間一髪電車には直接当たらなかったって」

鳩？

「とにかく大丈夫そうですか？どこか痛みませんか。頭を打ったりしていませんか？」

「は、はぁ。どこも痛まないので、とりあえず大丈夫だと思います。すみません、ご迷惑をおかけしました。大丈夫そうなので、帰ります」

「そうですか…わかりました。吐き気などしたら病院に行ってください」

「はい、ありがとうございます。あ、ところで今日は何年、何月何日ですか？」

「…？…今日は二〇一五年三月二七日です」

「…度々ありがとうございます。では僕は行きます」

駅員さんは心配そうにこちらを何度か振り返りながら持ち場に戻っていった。

死んでいない？

辺りを見回すと、見慣れた現代の建物が見える。

…。

…あれはなんだったんだ。

白昼夢？

服ももらったものではなく、元に戻っている。

そうだ、アレ！

ポケットを探る。

ジャリ、と覚えのない手触りがしたので取り出してみると祖父清定からもらった『交通安全御守』が出てきた。

炭化したように真っ黒になっている。

焦げている？？？

そんなことより手紙！

服の内側のポケットを探ると、三通の手紙が出てきた。

…夢では、ないのか。

……。

………。

…………。

旅行はやめだ。
帰ろう、家に。
逃げるのは、もうやめだ。
あれが夢かどうかなど、問題ではないんだ。
あの人たちと話した言葉は、胸にしっかり刻まれている。
あの光景は、目にしっかり焼きついている。
大事なことは、
僕は立っている。
今ここに。
確かな礎の下に。
連綿と続く命の連鎖のもとに。
こんな奇妙な体験をできた僕は幸運だ。
ポケットにある手紙をやさしく触れて確認して。

隊員全員の勇気を確かに胸にしまい。
帰って僕は命のやり取りをするわけじゃない。
帰ったところで、何か状況が変わっているわけでもない。
でも僕はしっかりと自分の足で立つことだけは、できるような気がした。
空はどこまでも晴れ渡っていた。
僕は生きないではいられない。
いや、違う。
生きるんだ！
この手で、
この足で、
この心で、
この…人生を！！

清正の手紙

隼人へ

父、母、八重子。命令が下ってから、それぞれに手紙を書いて、遺書も朝には書き終わりました。

遺品係に提出したので、三日後ぐらいに故郷へ送られるのでしょうか？

それにしても、生きているうちに遺品を出すというのは妙な感覚でした。

先程、驚く知らせがありました。私に子どもが出来たというのです。

土壇場の知らせでした。最後の打ち合わせが終わった矢先に速達が届いたのです。

手紙を読んだあと、しばらく動けませんでした。子どもに手紙を書く前に、あなたへの手紙を書いている次第であります。

恥ずかしながらも、私は君のことを弟のようなものだと思っていました。また短いながらも、私は君のことを親友のようなものだとも思っていました。会って間もない君にそんな感情を抱くのは不思議ですが、私はなぜか君に家族のような妙な親近感を覚えていました。

最初に君は、犬死とか、悲劇の代名詞だとか、我々は後世で汚名を着ることになると言いました。

恐らく歴史とは、声が大きい者たちによって作られるのでしょう。

率直に言って、悪しざまに言われるのはあまり嬉しくありません。

かといって美化されるのも困ります。

この命の最期に君にだけ本心を伝えると、きっと、私は私一人の名誉の為なら特攻隊というものに志願しなかったでしょう。

しかし、私には仲間がいるのです。そして、私には両親がいます。

その先にはこの命を繋いでくれたご先祖様がいます。

長く、そして広い命の繋がりの中で私は今日まで生きてきたのです。

その命の繋がりの中で、己一人だけの為に生きるのではなく、仲間たちの思いに応えるため、そして家族、子供を守るためにこそ、私自身が散っていくのだと、思えるようになったのです。

そして君。

素直で、正直で、やさしく、清い君。

ほめ過ぎましたね。

しかし、私には自分の新しくできた子どもと君が私の未来そのものに見えました。

君たちの礎となれるのならば私は喜んで散っていきましょう。

命の繋がりという上下の絆、そして、仲間という左右の絆を心に持ち、生きるとき、初めて人は本当の人として生き得ることが出来るのだと私は思います。

だから、私は笑って死んで参ります。

仲間の為に、家族の為に、自分を産んでくれた両親の為に、そして、君たち、あとに続く世代の為に。

君はこれからの人生を精いっぱいに生きて下さい。

格好悪くても、不細工でもいいのです。

君は君の人生を大いに輝かせて生きていって下さい。

その姿を私は天国で見守っています。

辛くなったときは思い出して下さい。

君の傍ではいつでも、私、そして君がこれまで出逢ってきた隊員の魂が、君を支え続けていますから。

つい長くなってしまいました。

では、そろそろ征って参ります。

最後に。

もし君の言う通り、君が、私たちが迎えることのないこの国の未来から来た青年なのだとしたら、これから産まれる私の子どもとどこかで会うことがあるのかもしれませんね。

それが、例え万に一つの可能性だったとしても、もし君とどこかで出逢うことがあるのだとしたら、私の子どもにたった一言お伝えください。

「君のお蔭で私は幸せな人生を送ることが出来ました」と。

どこかで出逢うことを願い、ただの一度も呼んであげることの出来なかった私の子どもの名前を、今君に伝えます。

もし女児が産まれたならば、私の一字を取って、そして心の美しい子に育って欲しいという意味を込めて「清美」と名付けようと思います。

そしてもし男児が産まれたならば、こう名付けようと思います。

「清定」

荒川祐二

1986年3月25日生まれ
上智大学経済学部経営学科卒

大学時代に「自分を変えたい！」という思いで、毎朝6時から日本一汚い場所新宿駅東口の掃除をたった1人で始める。『一緒に掃除してくれる人募集！』と書かれた看板を背負って始まった活動は、まわりの人の心を動かし、ホームレスから始まり、1人また1人と仲間が増え続けた。

半年後の2007年5月3日（護美の日）には、全国に呼びかけ一斉にゴミ拾いを開催。全国27カ所、総勢444人の人を集める。その活動は現在も継続され、2010年5月3日には全世界30カ国以上、10万3,036人、2014年5月3日には全世界500カ所以上、総勢15万人以上の全世界ムーブメントに広がっていった。

現在は小説家業を行う一方で、通算300回、参加者累計10万人以上に及ぶ全国の学校を中心とした講演活動、イベント、メディア出演等、様々な活動を行っている。

これまでの著書に『半ケツとゴミ拾い』（地湧社）、『ゴミ拾いから見えてきた未来』（美健ガイド社）、『伝え屋』（廣済堂出版）、『NO BORDER 世界を1つに繋ぐ歌』（エベイユ）、『奇跡の紅茶専門店』（マガジンハウス）、『「あの時やっておけばよかった」と、いつまでお前は言うんだ？』（講談社）がある。

2014年6月より、内閣総理大臣夫人 安倍昭恵氏と憲政史上初の首相公邸で行われるネット番組『首相公邸チャンネル』の司会を務めている。

・講演依頼や仕事依頼、荒川祐二への各種お問い合わせ
http://arakawayuji.com/
http://www.diamondblog.jp/official/yuji_arakawa/（ブログ）

・荒川祐二のfacebook、twitterアカウント
「荒川祐二」で検索

神風ニート特攻隊

二〇一五年三月一〇日　初版発行

著者＝荒川祐二

発行者＝増田圭一郎

発行所＝株式会社　地《ち》湧《ゆう》社

〒一〇一-〇〇四四

東京都千代田区鍛冶町二-五-九

電話　〇三-三二五八-一二五一

FAX　〇三-三二五八-七五六四

印刷＝シナノパブリッシングプレス

ISBN978-4-88503-233-2　C0093

半ケツとゴミ拾い

荒川祐二著

夢も希望も自信もない20歳の著者が「自分を変えたい」という思いで、毎朝6時から新宿駅東口の掃除を始めた。嫌がらせにあい、やめたいと思ったときホームレスと出会い、人生が変わりだす。

四六判並製

びんぼう神様さま

高草洋子著

松吉の家にびんぼう神が住みつき、家はみるみる貧しくなっていく。ところが松吉は嘆くどころか神棚を作りびんぼう神を拝み始めた——。現代に欠けている大切な問いとその答えが詰まった物語。

四六変型上製

輝く星
ホピ・インディアンの少年の物語

ジョアン・プライス／北山耕平訳

ホピ・インディアンの少年ロマと、奴隷として少年を買った白人の猟師ビック・ジム。思いもよらない出来事をのりこえた二人のひと冬の物語。19世紀半ば、実際に起きた事件をもとに描いた心温まる小説。

四六判並製

スピリットの器
プエブロ・インディアンの大地から

徳井いつこ著

土と共に生きてきた先祖のスピリットを受け継いで、美しい土器をつくるプエブロ・インディアンの女たち。時代に翻弄されながらも土器をつくり続ける彼女らの肉声を伝え、大地と人の絆を問う。

四六判上製

アルケミスト
夢を旅した少年

パウロ・コエーリョ著／山川紘矢・亜希子訳

スペインの羊飼いの少年が、夢で見た宝物を探してエジプトへ渡り、砂漠で錬金術師の弟子となる。宝探しの旅はいつしか自己探究の旅となって……。ブラジル生まれのスピリチュアル・ノベルの名作。

四六判上製

たったひとつの命だから

ワンライフプロジェクト編著

福岡県久留米市のミニFMに寄せられたメッセージを中心に集めた文集。一人が発した言葉が他の人の心を揺さぶり、次のメッセージを呼ぶ。深く魂が響きあう様子が生き生きと伝わってくる。

四六判並製

生きられますから大丈夫ですよ

伊田みゆき著

重度の脳性マヒ障害を持ちながら、果敢に施設を飛び出して同じ障害を持つ夫と結婚そして出産。いのちをさらけ出して生きる著者の姿が、自立とは何かを問う。写真・渡辺眸

四六判上製

ネロの木靴

『フランダースの犬』ネロはなぜ自殺したのか

臼田夜半著

『フランダースの犬』の後日談として幼なじみのアロアを主人公に描かれていく。アロアはその後の人生で多くの苦難や死と向かいあううちにネロの死について深く考えるようになる。

四六判並製

牛が拓く牧場

自然と人の共存・斎藤式蹄耕法

斎藤晶著

機械を使わず、除草もせず、あるときは種もまかない自然まかせの牧場。北海道の山奥で生まれた、自然の環境に溶け込んだ牧場経営を通じて、未来の人と自然と農業のあり方を展望する。

四六判上製

いのちのために、いのちをかけよ

吉村正著

産科医として50年あまりにわたり自然出産を見つづけてきた著者が、現代の医学や経済の問題点を根本から指摘し、感性的認識を取り戻して自然に生きることの大切さを、ユーモアをまじえて説く。

四六判上製